Elisabeth Beer
Im Mantel unterwegs

Für Sigi

Elisabeth Beer

Februar 06

Elisabeth Beer

IM MANTEL UNTERWEGS

ROMAN

Nimrod

Fliederstr. 16, CH-8006 Zürich, Tel.: 044/2612724
http://www.nimrod-literaturverlag.de

Satz: BeneschDTP/München
Umschlaggestaltung: Nora Steimann
Umschlagmotiv: Getty Images

Dieses Buch wurde auf chlorfrei gebleichtem Papier gedruckt
Druck: difo-druck, Bamberg
Printed in Germany

1. Auflage

ISBN 3-907149-62-9

Eins

Unter den Arkaden steht eine steinerne Bank. Breit überdacht lehnt sie am Dogenpalast, nach vorne abgeschirmt durch die Flanke des Brückenaufgangs. Der Platz auf der Bank bietet Schutz vor Wind und Regen.

Rocco lebt hier.

Er trägt einen derben Ledermantel, der ihm viel zu gross ist. Der hohe Mantelkragen umzäunt seinen kleinen Kopf. Aus den Ärmelröhren ragen fahle knochige Hände. Sie wandern über das speckige Leder von den ausgeleierten Knopflöchern zu den prall gefüllten Taschen. Eine Hand fährt unter sein Hemd zur Achselhöhle und gleitet über den Nacken hoch zum Schädel. Ein Finger wickelt sich um eines der wenigen Haare. Mit einem Ruck reisst er es aus.

Die wässrigen Augen starren gläsern, nirgends bleibt der Blick.

Unvermittelt bellt Rocco. Das scharfe Kläffen bricht aus ihm heraus wie ein Vulkan. Sein Körper bebt in abwehrender Erregung.

«Weg! Weg!»

Touristen aus aller Welt drehen sich nach ihm um. Schonungslos begaffen sie den Alten in seiner irren Verwahrlosung.

Zwei

Seine früheste Kindheitserinnerung liegt weit zurück. Es war an seinem fünften Geburtstag, wenige Tage vor Ostern. Rocco sass auf dem Boden vor dem schweren Tor des Palazzos. Wie jeden Tag putzte seine Mutter in dem vornehmen Haus. Derweil war der Bub sich selbst überlassen. Spielkameraden in diesem noblen Stadtviertel hatte er keine. Um sich die Zeit zu vertreiben, suchte er auf den umliegenden Gassen und Plätzen nach Kieselsteinen, ein schwieriges Unterfangen in einer zugegepflasterten, blank gefegten Stadt. In einer Nische der Gartenmauer verwahrte er seinen Schatz. Mit diesen Steinen spielte er oft stundenlang.

Heute war die Beute gut. Er breitete den alten und den neuen Schatz vor sich aus und formte daraus einen Vogel. Die grauen Steine fügten sich zu mächtigen Flügeln, aus den hellen entstanden lange dünne Vogelbeine und die dunklen verwandelten sich in Schnabel und Auge.

Unverhofft stand seine Mutter vor ihm. Noch war es längst nicht Abend, um nach Hause zu gehen viel zu früh.

«Komm, die Signora ruft dich.»

Zögernd ging er hinter der Mutter her. Im Vorgarten stand ein Baum, von dem er, verdeckt durch die hohe

Gartenmauer, bis jetzt nur die Krone gesehen hatte. Der Stamm des Baumes war glatt und weiss. An einigen Stellen löste sich eine dünne Haut. Rocco blieb stehen und zog daran. Fein wie Zwiebelschalen waren diese durchsichtigen, ausgefransten Fähnchen.

«Nun mach schon.» Die Mutter schloss die Haustüre auf. Im Maul eines goldenen Löwenkopfes hing ein Ring, welcher baumelte, als die Türe aufging.

Die grossen Spiegel im Eingang verwirrten das Kind. Von allen Seiten kam es sich entgegen.

«Waschen», sagte die Mutter und zog Rocco die Schuhe aus.

Sie hielt ihn über ein Waschbecken. Das Wasser hinterliess auf seinen Händen und Füssen helle Rinnsale.

Die Treppe war rot und weich. Gerne hätte er sich hingesetzt und seine nackten Füsse in dieses wundersame Rot hineingekrault. Aber etwas zog ihn, hinauf in den Salon. Es war ein Duft, köstlich und süss.

Auf einer Kommode standen zwei Lampen, welche ihre blau gelockten Schirme über ein helles Licht breiteten. Und zwischen diesen Lampen – da war ein Hase. Seine langen Ohren ragten weit über den Kopf, die Schnauze war vorne platt wie ein Knopf. Der Hase hatte seine Vorderpfoten über den dunkel schimmernden Leib gekreuzt. Am Rücken trug er eine fein geflochtene Hutte. Daraus guckte ein Hasenkind, sein Köpfchen lag bequem auf dem Korbrand.

Rocco war entzückt. Den Hasen berühren, seine Nase an den runden Bauch reiben, mit der Zunge über das platte Schnäuzchen lecken, das wollte er.

«Halt, nicht anfassen!»

Plötzlich stand die Signora vor ihm. Rocco hatte sie gar nicht bemerkt.

«Ich habe mir gedacht, dass er gerne so etwas sieht. Er hat doch heute Geburtstag?»

Die Mutter nickte.

«So macht man eben einmal eine Ausnahme. Er kann jetzt wieder gehen.»

Schwer fiel das Tor hinter Rocco ins Schloss. Krampfhaft hielt er seine Schuhe in den Händen und der kalte Steinboden wuchs ihm in die Beine.

Warum war er so plötzlich wieder auf der Strasse? Etwas musste schief gelaufen sein. Der Hase gehörte ihm, das stand für ihn fest. Die Signora hatte ihn ja ausdrücklich rufen lassen. Warum also war er hier draussen?

Natürlich – sie wusste gar nicht, dass der Hase ihm gefiel. Er hätte es sagen müssen, ja, er hätte es sagen müssen und danke hätte er sagen müssen. Ja, danke muss man sagen, wenn man etwas geschenkt bekommt.

Genau das war es, «danke» hatte gefehlt.

Rocco setzte sich. Er wollte warten, bis die Mutter kommen würde. Dann konnte er reden.

Es dauerte lange, bis sie endlich kam.

«Komm», sagte sie und lief schon die Gasse hinunter und über die nächste Brücke.

«Ich – danke – der Hase – die Signora – Mutter...» stammelte Rocco hinter ihr her. Doch sie hatte es eilig, wusste zu Hause ihren schwachsinnigen Bruder Elio und die Nähmaschine, die mit Heimarbeit gefüttert werden sollte und wollte so rasch als möglich hin.

«Bauch lärmen – knurr», begrüsste Elio seine Schwester Luzia und klopfte sich auf den Leib.

Während die Mutter den Reis fürs Nachtessen aufsetzte, redete Rocco wieder vom Hasen. Barsch schnitt sie ihm das Wort ab: «Was willst du? Die Herrschaften sind nun einmal so. Dir gehört der Hase bestimmt nicht. Wo denkst du hin.»

«Aber ich habe nicht danke gesagt.»

«Hör auf damit, es gibt nichts». Die Mutter verliess die Küche. Roccos Zunge presste sich an seinen Gaumen. Tränen rollten ihm über die Wangen.

Der Hase – sein Hase – ach, sein Hase.

Beim Essen sass er da, die Hände verkrampft in seinem Schoss, sodass die Knöchel weiss wurden, den Blick nach unten gerichtet, ertrunken in einem Meer aus Tränen.

«Geh zu Bett, wenn du doch nicht essen willst», sagte die Mutter.

«Augen schwimmen – glutsch», lachte Elio durch seine Zahnlücken.

Rocco rollte sich unter die Decke. Seine Beine waren noch immer kalt, das Kissen nass von Tränen.

Später legte sich auch Elio ins Bett, welches er mit dem Kind teilte. Erst am Rücken seines schnarchenden Onkels schlief Rocco endlich ein.

Drei

Rocco liebte seinen Onkel. Elio war zwar ein starker Mann, aber spielen konnte er wie ein Kind.

Oft spielten die beiden Herr und Hund, Rocco den Herrn, Elio den Hund. Rocco setzte sich an den Küchentisch und ass ein Stück Brot. Ab und zu warf er einen Brotbissen in die Luft und der Hund, welcher am Tischbein festgebunden war, schnappte danach. Beinahe immer, auch wenn Rocco den Hund noch so zu überlisten suchte, schnappte dieser geschickt nach dem Bissen und nichts fiel auf den Boden. Vor Freude bellte der Hund, schleuderte den Ton durch den Hals und warf dazu den Kopf in den Nacken. Der Brustkorb zog sich bei jedem Bellen kurz zusammen um sogleich wieder auseinander zu schnellen. Rocco sah gebannt auf die federnden Rippen. So wie ihn dieses Gebell erschreckte, beglückte es ihn gleichermassen.

War das Brot verzehrt, taten beide so, als schliefen sie, Rocco im Schneidersitz auf seinem Stuhl dösend, Elio, die Kopfschnauze unter eine Vorderpfote geschoben, unterm Tisch liegend.

Etwas später begann der Hund zu winseln und stellte sich auf seine vier Beine. Rocco setzte sich auf den Tisch und die Reise konnte beginnen. Wie in einer Kutsche zog der Hund seinen Herrn in der Küche herum. Dass dabei die ganze Wohnung dröhnte, daran störten sich beide nicht.

Vor dem Küchenschrank hielt die Kutsche an. Oben auf dem Schrank stand eine Dose, in welcher die Mutter das Kakaopulver für das Tiramisu aufbewahrte. Wenn Rocco sich auf die Zehenspitzen hob, konnte er nach der Dose greifen. Der Hund unterm Tisch bettelte zu seinem Herrn hoch. Rocco öffnete die Dose, steckte seinen Zeigefinger in den Mund und anschliessend den feuchten Finger ins Pulver. Mit Wonne leckte er den braunen Finger sauber und holte sich Nachschub. Auch der Hund durfte einige Male den braun überpuderten Finger ablecken. Bevor Rocco die Dose zurückstellte, wiegte er sie sachte hin und her, damit sich die Spuren des verbotenen Naschens verwischten. Natürlich spielten die beiden dieses Spiel nur, wenn Mutter nicht zu Hause war.

Elio war zu keiner richtigen Arbeit fähig, denn es war kein Verlass auf ihn. Nur zweimal die Woche durfte er den Strassenwischern helfen. Dazu weckte ihn seine Schwester Luzia früh morgens um fünf Uhr und übergab ihn an der Haustüre den Arbeitern.

Elios Aufgabe war es, die bereitgestellten Abfälle einzusammeln, ans Wasser zu tragen und ins Abfallboot zu werfen. Lohn bekam er dafür nicht. Alle Kostbarkeiten aber, die er im Abfall fand, durfte er behalten. An ein zügiges Arbeiten war nicht zu denken, denn oft vergass er sich, wenn er mit Inbrunst den Abfall nach Schätzen durchwühlte.

Rocco wollte unbedingt einmal mitgehen, denn was Elio nach Hause brachte, war umwerfend.

Da gab es einen Korb. Der Henkel fehlte zwar, aber zwischen die Weidenruten waren Bänder in den Farben des Regenbogens geflochten. An die Bandenden waren kleine Glöckchen genäht, welche fast alle noch einen Ton von sich gaben.

Eine Kappe brachte Elio einmal mit. Sie war innen weich wie ein Schaf, aussen war ein Drachenkopf mit roten Augen aufgestickt. Zog man die Kappe ganz übers Gesicht, sah man aus wie ein Ungeheuer. Dabei kitzelte das Schaffell und der Drache musste niessen. Luzia sagte, die Kappe sei voller Läuse und wollte sie nicht in der Wohnung haben.

Ein weiteres Fundstück, welches Rocco besonders gefiel, war eine eiserne Bettflasche. Neben dem Einfüllstutzen war sie undicht, doch zum Spielen taugte sei allemal. Mit Wasser gefüllt gab sie ein tolles Geschoss ab, welches man über die Gasse vor der Haustüre sausen lassen konnte. Rocco rannte ein Stück von Elio weg und stellte sich breitbeinig hin. Sein Onkel musste nun versuchen, mit der Bettflasche zwischen den Beinen des Kindes hindurch zu zielen. Zum Spiel gehörte, dass man dabei ganz ruhig stehen blieb, auch wenn einem die Flasche mit vollem Schwung ans Schienbein fuhr. Rocco stand tapfer still. Er hatte ja auch kaum etwas zu befürchten. Elio war ein guter Schütze.

Dann wurden die Rollen getauscht. Elio stellte sich hin und Rocco schoss. Jedes Mal jedoch, bevor die Bettflasche ihr Ziel erreichen konnte, sprang Elio flüchtend zur Seite. Rocco wurde dauernd um seinen vermeintlich sicheren Erfolg betrogen. Wütend hämmerte er seinem Onkel mit den Fäusten in den Bauch. Elio lachte, goss die Flasche über ihm aus und sagte: «Feuer löschen – zisch».

Eines Morgens also durfte nun Rocco zur Arbeit mitgehen. Er war noch nie zu so früher Stunde unterwegs gewesen. Ein frisches Lüftchen wehte ihm ins Gesicht und machte ihn hellwach. Staunend beobachtete er die Vögel, welche sich voller Übermut ins fahle Morgenlicht stürzten.

Und dann sah er sie, die Strassenwischer. Sie hatten die Gassen für sich alleine, wie später den ganzen Tag nicht mehr. Wo sonst tausende von Touristen jeden Meter füllten, war es leer.

Die Strassenwischer gingen rückwärts. Sie legten sich mit jedem Schwung ihrer langen Besen eine saubere Mondsichel vor die Füsse. Der zusammengewischte Schmutz sammelte sich hinter ihren Rücken, vor ihnen breitete sich eine blanke Spur über die Stadt aus. Gelegentlich riefen sich die Arbeiter etwas zu, sie lachten und sangen kleine Melodien. Ihre Besen machten ein Geräusch, das kam und ging wie das Pendel einer Uhr oder der Wellenschlag am Ufer.

Ein solch bedächtiges Tun, eine solch heitere Zufriedenheit hatte Rocco bisher nie erlebt. In sein glückliches Staunen mischte sich der köstlliche Duft nach frisch gebackenem Brot.

An all die Schätze, die Elio auch diesen Morgen im Abfall fand, konnte sich Rocco später nicht mehr erinnern. Doch das Gefühl des Glücks an diesem anbrechenden Tag war eine Saat, die von nun an in seinem Herzen nach Wasser suchte.

Vier

Heute noch ist Rocco die Zeit zwischen tiefer Nacht und anbrechendem Tag am liebsten.

Die letzten Touristen sind von der Bildfläche verschwunden und haben ihre Trunkenheit zu Bett getragen. Venedig ist zur Ruhe gekommen.

Wenige Lichter brennen. Am breiten Quai vor dem Dogenpalast sind es die rosa Lampen der dreiarmigen Leuchter, in den schmalen Gassen sind es die schummrigen Lichter der Strassenlaternen, die hoch oben an den Hausecken befestigt sind. Rocco benötigt das Licht der Lampen nicht. Längst sieht er im Dunkeln gut.

Er steht auf und macht seine Tour – wie jede Nacht. In all den Jahren ohne Obdach hat sein Körper aufgehört, grosse Ansprüche zu stellen.

Er verrichtet seine Notdurft in einem verborgenen Winkel, trinkt von einem Brunnen und durchsucht die Abfallsäcke, welche auf den Gassen liegen oder an Haken neben den Haustüren hängen. Zielsicher greift er nach Essbarem. Seine Manteltaschen füllen sich.

Rocco geht quer durch die Stadt. Er kennt jedes Haus und jeden Winkel. Seine Hand gleitet über die Mauern und nimmt gelegentlich ein Stück abblätternden Putz mit.

Er kreuzt seine Arme auf dem Rücken, die Finger spielen mit dem Putz wie mit einem Rosenkranz und zerbröseln ihn zu Sand.

Er gelangt zum Fondamenta Nuove. Die Wellen rollen sanft an die Mole, die feuchte Brise riecht salzig.

Schemenhaft liegt die Insel San Michele vor ihm, ein Block mitten im Meer. Aus den Mauern ragen Zypressen. Sie sehen aus wie Kerzen – für jedes Lebensjahr eine.

Zu der Insel fährt man die Toten, ihre Särge sind geschmückt mit Kränzen aus Rosen und Lilien, umfächert von riesigen Palmenwedeln.

Wird Rocco eines Tages auch dahin gelangen? Wer wird ihn fahren? Wird ihn jemand begleiten mit Blumen in den Händen und einem Gebet auf den Lippen? Wozu dieser ganze Aufwand? Was ist der Körper schon wert?

Als Kind fiel ihm einmal beim Palazzo, wo seine Mutter arbeitete, ein junger Vogel vor die Füsse. Am Hinterkopf hatte das Tier eine kleine Blutspur, sonst war der noch federlose wächserne Leib unversehrt. Der riesige gelbe Schnabel war geschlossen, ebenso die winzigen Augen. Rocco legte den toten Vogel in ein Pflanzloch und deckte ihn mit Erde zu. Die Vogeleltern aber flogen weiterhin emsig zum Dachfirst, schlüpften unter die Ziegel zu ihrem Nest und fütterten die noch lebenden Jungen. Warum gerade dieser kleine Kerl aus dem Nest gefallen war oder gestossen wurde, konnte Rocco nicht verstehen. Er merkte nur, es gab Unterschiede im Leben.

Wenn er mit seiner Mutter jeweils sonntags zur Messe

ging, betrachtete er die Engel an den Wänden und der Decke der Kirche. Sie waren alle nicht festgebunden und doch fiel keiner herunter. So hätte auch er fliegen wollen, hoch oben und ohne Furcht.

Aber er sass auf dem Boden vor dem Palazzo und vertrieb sich die Zeit mit seinen Kieselsteinen.

Das schwere Tor öffnete sich und der Signore trat heraus. Wie meist blieb er einen Augenblick bei dem Jungen stehen, verschob mit der Schuhspitze einige Steine und sagte:

«Ciao bambino – come va?»

Rocco schaute ihm nach, diesem Mann mit dem fein geschnittenen Gesicht, den wohlgeformten Händen, den hellen Augen und Haaren, diesem eleganten Herrn, der einen würzigen Duft zurückliess. Rocco hatte auch helle Haare. Wenn er am Abend der Mutter erzählte, dass er den Signore gesehen hatte, schnitt sie ihm das Wort ab. «Ich will nichts von ihm hören – und – von wegen – deine Haare sind viel dunkler.»

Einmal schenkte ihm der Signore einige Münzen. Als er der Mutter das Geld zeigte, zischte sie: «Dio mio – il padre», und schnaubte verächtlich. Was meinte sie damit?

Im Palazzo gab es drei Kinder. Manchmal sah oder hörte Rocco sie, wie sie sich balgten und um die besten Leckerbissen stritten – junge Vögel, denen die Eltern unermüdlich Futter zutrugen.

In unbeobachteten Momenten stellte sich Rocco zu Hause in der Küche auf einen Stuhl und betrachtete sich prüfend im keinen Spiegel, der dort über dem Schüttstein hing. Durften ihn seine wasserhellen Augen und die blonden Haare glauben machen, der Signore sei sein Vater? Die Mutter wich all seinen diesbezüglichen Fragen aus. Sie gab ihm deutlich zu verstehen, dass sie über dieses Thema nicht reden wollte. Wenn er nicht locker liess, schnauzte sie ihn an: «Gib endlich Ruhe, basta!»

Nie hat Rocco mit Sicherheit erfahren, wer sein Vater war. Lange Jahre war die Antwort auf diese Frage nicht mehr wichtig. Doch jetzt, wo der alte Mann Anfang und Ende seines Lebens überschaut, hätte er gerne irgendwo dazugehört.

Nicht dass man ihn mit Pomp einst nach San Michele fahren soll, nein, das begehrt er nicht. Aber einen Menschen möchte er haben, der ihn, wenn es so weit sein wird, wie den jungen Vogel in die Erde legt.

Rocco macht sich bereit für sein Bad im Meer. Er zieht einen Strick aus der Manteltasche und knüpft das eine Ende an einen Ring in der Ufermauer, wo für gewöhnlich Boote festgebunden werden. Dann geht er einige Schritte zu einem überdachten Durchgang, welcher in einen Innenhof führt. Dort zieht er sich aus.

Zurück am Ufer greift er nach dem Strick und steigt vorsichtig die glitschigen Stufen zum Wasser hinunter. Langsam lässt er seinen nackten Körper ins Meer gleiten und taucht unter. Dann zieht er sich wieder aus dem Wasser und steigt, mit Händen und Füssen Halt suchend, die Stufen hoch.

Rocco kann nicht schwimmen, doch jede Nacht, sommers wie winters, legt er sich ins Meer.

So wird sterben sein, denkt er. Von Schauer erfasst sträubt sich der Körper, den Schritt zu tun. Doch ist die Stufe überwunden, ist es gut.

Noch nass schlüpft Rocco wieder in die Kleider.

Auf dem Rückweg zu seinem Stammplatz dämmert es. Die Stadt rüstet sich für die nächste Ladung Touristen. Schlaftrunkene Kellner schleppen Stühle und Tische scheppernd ins Freie und richten die Gaststätten ein.

An der Küchentüre der Trattoria Giorgione lehnt die Köchin Roberta. Ihr massiger Körper füllt den ganzen Türrahmen aus. Die kräftigen Arme hat sie unter ihrem Busen verschränkt. Die Schürze spannt sich über die ausladenden Hüften, die Füsse stecken in ausgelatschten Schuhen. An den Beinen, letztes Überbleibsel früherer Koketterie, trägt sie Netzstrümpfe. Das Netz spannt sich über dem schwammigen Fleisch wie ein Schweinsnetz über dem Hackbraten. Robertas Haare sind oben auf dem Kopf zu einem buschigen Schwanz zusammengebunden, ein Rasierpinsel auf einer Kugel. Aus ihrem fettig glänzenden Gesicht blitzen zwei lachende Augen.

«Ciao Rocco, komm her», ruft sie, wenn er, regelmässig wie eine Uhr, jeweils frühmorgens bei der Trattoria vorbeikommt. Roberta bietet ihm einen Espresso an. Meist hat sie etwas aus der Küche für ihn beiseite gestellt. Wohlig wärmt sich sein Gedärm und ihr Geplauder dringt ihm freundlich ins Ohr.

Roberta kennt den armen Schlucker seit Jahren. Gelegentlich beschafft sie ihm frische Wäsche, und in eisig kalten Nächten bietet sie ihm Unterschlupf. In einer Kammer hinter der Küche steht eine alte Liege, die er dann benutzen darf.

Rocco geht zurück zu den Arkaden, zu seiner Bank. Er zieht den Wollschal enger um den Hals und schlägt seinen Mantelkragen hoch. Aus einer Tüte, die er ständig mit sich herumschleppt, holt er eine Wolldecke hervor. Er rollt sich in Mantel und Decke ein und schläft drei, vier Stunden.

Sobald die Touristen an seinem Lager vorbei strömen werden, wird er sich aufsetzen. Er wird wieder einen Tag lang den inneren Vorhang zuziehen. Er wird ins Leere starren und den Gaffern den stumpfsinnigen Idioten zeigen. Ab und zu wird er aus dem Dämmerschlaf auffahren und sich die Meute mit Kläffen vom Halse halten.

Fünf

Jeweils am Sonntagmorgen musste Rocco seine Mutter zur Messe begleiten. Vor dem Kirchgang legte sie ihm frische Wäsche für den Sonntag und die kommende Woche bereit. Zuerst aber wusch sie ihn von Kopf bis Fuss. Rocco hätte sich lieber selber gewaschen, doch er wagte nicht zu protestieren. Sie tat ja, wie sie sagte, alles nur für ihn. Am meisten war ihm zuwider, wenn sie ihn schneuzen liess, obwohl er gar kein Bedürfnis verspürte. Sie packte seinen Hinterkopf, presste ihm ein Taschentuch unter die Nase und befahl: «Schneuze dich, kräftig!» In diesem Schraubstock festgeklemmt fühlte er sich hilflos ausgeliefert.

Frisch gewaschen und blank gestriegelt sass er am Küchentisch und ass sein Frühstück. Dabei äugte er am Rand seiner grossen Milchtasse vorbei nach der Mutter. In ihrer Gegenwart war ihm oft bang. Auch wenn er sich noch so bemühte, es ihr recht zu machen, es gelang ihm selten. Sie schalt ihn wegen jeder Kleinigkeit und er schämte sich.

Eilig lief die Mutter in der Küche hin und her, machte Ordnung und nahm ihr Frühstück im Stehen zu sich. Sie war sauber gewaschen und angezogen. Die geflochtenen schwarzen Haare hatte sie zu einem Kranz um den Kopf gesteckt. Dichte Wimpern überschatteten ihre dunklen Augen, die Augenbrauen lagen wie Flügel darüber. Ihr verschlossenes Gesicht war schön, nur wenn sie den Mund öffnete, kamen schadhafte Zähne zum Vorschein. Vielleicht lachte Luzia deshalb so selten, und wenn, dann nur mit der Hand vor dem Mund.

Aus Mutters raren Erzählungen von früher wusste Rocco, dass sie gerne Lehrerin geworden wäre. Für die Ausbildung hatte aber das Geld gefehlt. Man schickte sie zu einem Tuchhändler, dort arbeitete sie als Hilfskraft.

Wenn vornehme Kundschaft festliche Stoffe vorgelegt haben wollte, musste Luzia die engen Treppen zur oberen Etage hochsteigen, um Brokat, bestickte Seide und Samt herunterzuholen. An den Eisenständern, in die der Samt eingehängt war, trug sie schwer und zerriss sich an den vielen Häkchen die Strümpfe.

Nach Arbeitsschluss im Laden hiess es, Pakete austragen, manchmal bis zu 20 Stück. Den schweren Handwagen mit all den Paketen über die vielen Brücken treppauf zu ziehen und treppab wieder zu stoppen brauchte viel Kraft. Erschöpft kam sie jeweils abends nach Hause. Auch der Frau ihres heutigen Arbeitgebers im Palazzo hatte sie oft Ware zu liefern.

Mit 19 Jahren wurde Luzia schwanger. Ihre Mutter zerriss sich das Maul über ihren Zustand.

«Dein Kind bekommt einen Wasserkopf», beschimpfte sie ihre Tochter und jagte sie aus dem Haus.

Elio, den lautes Herumbrüllen schon immer verstört hatte, lief hinter seiner Schwester her und niemand hielt die beiden auf. Sie fanden eine einfache Wohnung und Luzia, die mit ihrem dicken Bauch im Tuchladen nicht länger haltbar war, verdiente von nun an mit Putzen fremder Wohnungen das knappe Geld zum Überleben.

Heiraten wollte sie keiner. Das Kind und den schwachsinnigen Bruder mit im Liebesgepäck war jedem Mann zu viel, der sich für die einfache Arbeiterin interessierte.

Gelegentlich versuchte es einer als Liebhaber. Dann verwendete Luzia am Morgen mehr Zeit für Frisur und gut gestärkte Bluse. Aber bevor der Damm brach, brausten ihre schlechten Erfahrungen wie ein Sturm über das sachte Frühlingslüftchen hin und die gestärkte Bluse blieb wieder im Schrank.

Rocco war das Zentrum ihres Lebens. Sie erzog ihn ohne Nachsicht. Alles, was sie versäumt hatte, sollte ihm dereinst gelingen.

Wenn er seine Hausaufgaben noch so sorgfältig machte, sie war nie zufrieden.

«Du musst besser sein als die andern, wir haben kein Geld», sagte sie und liess ihn immer wieder schwierige Wörter und Rechnungen auf jeden Fetzen Papier niederschreiben. Er hätte sich lieber auf die Schwelle der Haustüre gehockt und die Wolken mit ihren vielen Gesichtern betrachtet. Oder er wäre gerne auf Elios Schultern gefährlich hoch über das Geländer schwankend durchs Treppenhaus getragen worden. Aber Luzia hatte für Träumereien und kindisches Spiel nichts übrig, auch wenn Elio sagte:

«Kind im Himmel – hüpf.»

«Niente – lernen soll er.»

Während Rocco mit verkniffenem Mund am Küchentisch sass und unter Mutters strengem Blick Buchstaben und Zahlen auf die Reihe zu bringen suchte, schlich Elio mit einer Gabel in der Hand um den Tisch herum und stupfte den Knaben in den Arm oder das Bein, in den Rücken oder den Hintern. Dann lachte Elio, die Mutter schimpfte und Rocco quietschte.

Die Schule war ein Ort der Qual. Rocco als armer und zudem verträumter Schüler sass in der hintersten Reihe. Während des Unterrichts war er selten bei der Sache. Sein Blick ging durchs Fenster oder hing an den Köpfen seiner Schulkameraden, die vor ihm sassen. Angelos dichtes Haar war kurz geschoren und an den borstigen Haarspitzen hingen kleine Schweissperlen. Claudios Nacken war breit und kräftig wie bei einem Stier. Filippo hatte einen langen schmalen Schädel mit abstehenden Ohren, durch die das Sonnenlicht rot hindurchfiel. Der Kopf von Rodolfo war beinahe ein Viereck. Die kantige Form wurde noch unterstrichen durch eine perfekte Nackenrasur, die den hellen Hals schnurgerade vom dunklen Haar trennte.

Vorn an der Tafel stand der Lehrer, ein dürrer Mann mit einem Höcker auf der Nase. Meist beachtete er Rocco nicht. Nur wenn die Klasse auf eine seiner Fragen keine Antwort wusste, richtete er sich an ihn und riss ihn ohne Vorwarnung ans Tageslicht. Dann drehten sich die Köpfe all seiner Kameraden nach ihm um und zeigten ihm ihre hämisch grinsende Vorderseite. Natürlich wusste Rocco die richtige Antwort auch nicht. Er wurde rot bis unter die Haarwurzel.

«Ein Kind ohne Vater ist wie der rechte Schuh ohne den linken», tuschelte man auf dem Pausenhof und mied ihn.

Wenn es regnete, holte Elio ihn von der Schule ab. Luzia hatte zwar verboten, dass Rocco sich öffentlich mit seinem Onkel zeigte. Sie war der Ansicht, Elios Schwachsinn würde Roccos Ansehen schaden. Aber sie war tagsüber bei der Arbeit und konnte die beiden nicht überwachen. An schwülen Tagen, wenn es plötzlich zu regnen anfing, war Elio nicht mehr zu halten. Die ersten Tropfen brachten die bleierne Luft zum Schwingen und er lief aus dem Haus.

Lange bevor die Schulglocke läutete, stand er im strömenden Regen vor dem Schultor und winkte. Das Wasser floss ihm in die Armlöcher und die Haare klebten wie eine Kappe an seinem Schädel.

Rocco kam dahergerannt und die beiden liefen über viele Umwege nach Hause. Sie sprangen in Pfützen und stellten sich unter überquellende Dachrinnen. Vor allem die gewaltigen, weit vorstehenden Wasserspeier auf dem Dach des Dogenpalastes hatten es ihnen angetan. Dort stürzte das Wasser aus grosser Höhe auf sie herab, dass es beinahe weh tat. Wenn bei hohem Pegelstand das Wasser über die Ufer trat und Gassen und Plätze überflutete, drang die Nässe auch von unten in sie ein. In den Schuhen sammelte sich ein Regenbad und es flutschte bei jedem Schritt. Die Kleider wurden schwer, hemmten die Bewegungen und wuchsen mit dem Körper zusammen.

Gelegentlich blieben sie stehen und legten ihre Köpfe in den Nacken. Die Tropfen fielen in ihre aufgesperrten

Augen und Münder. Rocco sah die silbernen Regenschnüre und tausendfach war er mit dem Himmel verbunden.

Er hatte beim Laufen durch den Regen wieder jenes doppelte Gefühl von Entsetzen und grosser Freude, das er so oft empfand, wenn er mit Elio spielte. Schlimmer und besser konnte es gar nie werden.

Im Treppenhaus hinterliessen die beiden eine nasse Spur. Nun wieder trocken werden, bevor Mutter nach Hause kam? Vom Schreiner um die Ecke holten sie vier Hände voll Sägemehl und füllten damit ihre nassen Schuhe. Sie zogen die klatschnassen Kleider vom Leib, wringten diese so kräftig wie nur möglich aus und schlüpften wieder hinein. Es brauchte jedes Mal grosse Überwindung, das nasskalte Zeug wieder anzuziehen, doch daran führte kein Weg vorbei. Wie Vogelscheuchen mit ausgestreckten Armen und gespreizten Beinen liefen sie in der Wohnung umher, damit möglichst viel Zugluft an die Kleider kam. Die Verdunstungskälte, welche beim Herumlaufen entstand, kühlte sie ständig ab und die Trocknungsmaschine lief mit grosser Ausdauer.

Nicht immer wurden sie von Mutter ausgescholten. Sie spürte zwar beim Nachhausekommen sofort, was in der Luft lag. Doch manchmal unterdrückte sie schimpfende Worte. Sie unterdrückte jedoch auch ein Schmunzeln über ihre verrückten Männer, wie sie Rocco und Elio nannte. Luzia war überzeugt, dass die beiden mit Strenge eher zur Vernunft zu bringen wären.

Hätte der Kampf ums tägliche Überleben nicht ständig ihr Denken und Empfinden überschattet, hätte sie sich vielleicht am Vergnügen der beiden freuen können. So aber umschloss die Angst vor dem Jetzt und dem Später ihre Gefühle mit einer hohen Mauer.

Sechs

Luzias Lohn war mager. Um das Haushaltsgeld etwas aufzubessern, hatte sie das Amt des Hauswarts übernommen. Immer samstags schrubbte sie das Treppenhaus. Hinter ihr her musste Rocco die Stufen mit einem Lappen trocknen und Elio sollte den Wassereimer hinauf und hinuntertragen. Manchmal gab er nicht acht und stellte den Eimer nur halb auf die Stufe. Dann ergoss sich das Schmutzwasser über alle Etagen und die Arbeit musste nochmals getan werden.

«Ach Elio», seufzte Luzia.

Er aber hob sie auf und setzte sie aufs Geländer, sodass sie ins Rutschen kam. «Röcke putzen – wisch», sagte er und lachte.

Luzias Zimmer lag zur Gasse hin, dasjenige von Rocco und Elio gegenüber. Das einzige Fenster dieses Zimmers öffnete sich zum Treppenhaus, die Frischluft war aus zweiter Hand. Durch dieses Fenster konnte man alle Hausbewohner beobachten, die ein und ausgingen. Auch wenn das Fenster geschlossen war, hörte man jedes Wort durch das dünne Glas.

Es war an einem frühen Morgen. Rocco schlief noch. Luzia hatte Elio wieder einmal den Strassenwischern zur

Arbeit übergeben und sich dann nochmals hingelegt. Es war still im Haus.

Da wurde unten die Haustüre geöffnet.

«Aiuto – zu Hilfe – ein Unfall!»

Die Rufe drangen durch das Fenster in Roccos Zimmer und weckten ihn. Er hörte, wie die Wohnungstüren der Nachbarn aufgerissen wurden.

«Was ist los – wo – wer?» hallte es durchs Treppenhaus.

«Hilfe – man muss ihn tragen – ja, bei Luzia – ja, Elio – im Boot – ach.»

Das Stimmengewirr presste Rocco die Luft in die Lungen und liess ihn nicht mehr ausatmen. Zitternd stieg er aufs Bett und schaute durch das Fenster.

Sie trugen ihn die Treppe hoch. Zwei Männer hielten seine Füsse und gingen rückwärts, zwei andere fassten ihn unter den Schultern. Elios Augen waren geschlossen. Die Stirne über der Nasenwurzel stand kantig vor wie der Bug eines Schiffes.

Roccos Zimmertür ging auf. Hastig sprang er vom Fenster weg in eine Ecke. Sie legten Elio aufs Bett. Blut war keines zu sehen, nur diese aufgeworfene Stirn. Elio atmete nicht.

Die Nachbarn quetschten sich ins Zimmer. Alle wollten einen Blick auf den Verunglückten werfen. Dann gingen sie tuschelnd und seufzend weg.

Die Strassenwischer setzten sich zu Luzia in die Küche und berichteten: Wie üblich war Elio im Boot mit dem Sortieren des Abfalls beschäftigt gewesen. Es hatte viel Wind und Wellen an diesem Morgen. Ein Sack, den man ihm hinüberreichen wollte, fiel ins Wasser und er fischte danach. Dabei fiel auch seine eigene Mütze hinein. Sie sog sich schnell voll und drohte unterzugehen. Elio beugte sich tief hinunter, um nach ihr zu greifen. Eine Welle schob das Boot ans steinerne Ufer. Elios Kopf wurde eingeklemmt. Er war sofort tot.

Man stellte Kerzen neben das Bett.

Rocco sollte die zwei folgenden Nächte bei der Mutter schlafen. Doch beide lagen wach und weinten, wenn sie glaubten, dass der andere schliefe.

Dann holte man Elio. Mit dem Boot fuhr man ihn zur Friedhofsinsel.

Die Mutter wusch das Bettzeug, auf dem der Tote gelegen hatte und Rocco hatte nun das Bett für sich alleine. Doch er konnte sich nicht hineinlegen in dieses Totenbett. Schon nur den Raum zu betreten, in dem noch immer ein süsslicher Geruch hing, war ihm nicht möglich. Er stand auf der Schwelle und sah das Bett, sah das Fenster, den Stuhl. Nichts gehörte mehr in sein Leben.

Nachts, wenn die Mutter sich jeweils schlafen gelegt hatte, schlich er aus dem Haus. Vergeblich hatte sie ihn aufgefordert, auch ins Bett zu gehen. Ziellos lief er in der Stadt umher, bis ihn seine Füsse kaum mehr trugen. Dann kam er zurück, nahm eine Wolldecke aus dem Schrank und legte sich unter den Küchentisch.

Eingerollt wie ein Tier träumte er und Elio war wieder da und lachte.

Sieben

Wenn der alte Mann in der Nacht am Ufer steht und nach San Michele blickt, denkt er oft an Elio. Flügel bekommen die Toten, hat man einst dem Kind erklärt.

Auf dem Friedhof liegen schwere Steinplatten über den Gräbern. Die Platten scheppern, wenn man darüber geht. Das Scheppern mahnt an das eigene zukünftige Zuhause, an dieses dunkle Loch, wo Flügel wohl das Letzte sind, was von Nutzen sein könnte. Dennoch, Elio – Flügel – Vögel, das gehört zusammen.

Rocco hat bei seiner nächtlichen Tour Brot gesammelt. Nach seinem Bad im Meer bricht er die Brotresten in kleine Stücke. Hartes Brot zerstampft er zu feinem Mehl und füllt es in eine separate Tüte.

Während er das Brot zerbröselt, umkreisen ihn die ersten Möwen. Rasch werden es mehr. Sie kennen den Alten, der mit ihnen die frühe Morgendämmerung teilt. Zu seinen Füssen breitet sich ein Taubenteppich aus.

Den Möwen wirft er etwas Futter auf die Stufen, welche zum Wasser führen. Sie streiten um jeden Bissen mit lautem Gekrächz und wildem Flügelschlag. Während sich die Möwen wie kleine Buben balgen, füttert Rocco etwas abseits die Tauben. Das Futter fällt zwischen ihre eng stehenden Körper. Geschützt wie unter einem Schirm picken es die Tauben auf. Keine der frechen Möwen hat die Möglichkeit, aus diesem dichten Taubenwald einen Bissen zu stehlen.

Einige Hände voll Brot sind bereits verfüttert. Rocco untersucht sein Sammelsurium an Tüten und findet immer wieder kleine Reste. Auf seinen Armen und Schultern sitzen einige Tauben. Sie sind vertraut mit ihm und warten geduldig.

Kaum zu glauben, dass diese sanften Vögel Stunden später auf der Piazza San Marco den Touristen frech um die Köpfe schwirren und sich in aufdringliche Plaggeister verwandeln.

Rocco hat alles Futter ausgestreut und die leeren Tüten wieder in die Manteltaschen verstaut. Die Möwen ziehen einige übermütige Kurven um seinen Kopf herum und fliegen dann in den Morgen.

Er geht vom Ufer weg und biegt in eine Gasse ein, gefolgt von den trippelnden Tauben. Es sieht aus, als zöge er eine breite Schleppe hinter sich her, die sich in der engen Gasse zu einem geordneten Zug formt. So wie er von den Vögeln erwartet wurde, wird er nun von der treuen Schar ein Stück weit begleitet und wieder verabschiedet.

Jetzt müssen noch die Spatzen gefüttert werden. Vor den Fenstern einiger Häuser hängen Blumenkistchen. Auch im Winter ist das wilde Gestrüpp nicht abgeräumt. Weil es in Venedig kaum Bäume gibt, sind diese Kistchen zu Spatzenheimen geworden.

Wenn Rocco unter einem dieser Fenster vorbeikommt, hat er den Sack mit dem zu Mehl zerstampften Brot griffbereit, die Hand bereits in der Tüte. Prüfend schaut er sich um. Mit einer verstohlenen Geste wirft er eine Hand voll Futter auf den Boden und geht rasch weiter. Wird er aber trotz seiner Vorsicht beim Füttern beobachtet, beschimpfen ihn die Hausbewohner.

«Ah, du schon wieder, du Idiot. Höre gefälligst mit deiner blöden Fütterei auf. Diese verdammten Biester hinterlassen überall ihre Scheisse. Die ganze Mauer ist voll davon. Verschwinde endlich.»

Rocco verdrückt sich. Die Spatzen kümmert's nicht. Sie stürzen sich auf die Brosamen und im Nu ist alles weggeputzt. Schwatzend und wohlgenahrt fliegen sie wieder hoch zu ihren verwilderten Blumenwäldchen.

Acht

Mit 13 Jahren musste Luzia ihren Sohn von der Schule nehmen. Elios plötzlicher Tod hatte einen Riss in der Seele des Jungen hinterlassen und ihn aus dem Gleis geworfen. Seine seit je her schwachen Leistungen sackten völlig ab. Wurde er vom Lehrer etwas gefragt, gab er wirre Antworten. Oft kam er zu spät zum Unterricht oder lief in der Pause einfach weg. Wenn seine Kameraden ihn hänselten und in eine Schlägerei verwickelten, wehrte er sich nicht. Es schien, als spüre er die Schläge nicht. Er kam mit zerrissenen Kleidern nach Hause und wusste von nichts.

Luzia ging zum Schreiner um die Ecke und bat ihn um Hilfe. Aldo Moretti war einverstanden, Rocco zu sich in die Werkstatt zu nehmen und ihn bei sich arbeiten zu lassen. Eine kleine Kammer war an die Werkstatt angegliedert. Hier konnte Rocco schlafen. Sein eigenes Zimmer kam ja dafür seit längerem nicht mehr in Frage.

Der Geruch von Sägemehl und frischen Hobelspähnen war ihm von klein auf vertraut und lieb. Bei der Arbeit mit dem Holz kam er langsam wieder zu sich.

Moretti war ein gutmütiger älterer Mann, Witwer, ohne Kinder, ohne Gesellen, aber jetzt mit Rocco als Handlanger. Seine Kundschaft waren einfache Leute. Vielerlei musste er für sie flicken, Stuhlbeine ersetzen, Tablare gerade richten, Kastentüren ins Lot bringen, verklemmte Schubladen abschleifen und mit trockener Seife einreiben. Die Wege zu den Kunden waren zeitraubend, der Lohn gering.

Rocco trug seinem Meister die schwere Kiste nach und reichte ihm das Werkzeug. Er hielt, drückte, schob und hob, was man von ihm verlangte. Aufmerksam sah er Moretti bei der Arbeit zu und lernte schnell. Schon bald schickte ihn der Meister allein zu den Kunden.

Einmal die Woche kam die Mutter in der Werkstatt vorbei und brachte ihrem Sohn frische Wäsche. Aldo Moretti sah sie gern. Sie war der eigentliche Grund, weshalb er Rocco zu sich genommen hatte.

Er schloss, wenn Luzia kam, ein Kästchen auf, entnahm ihm zwei kleine Gläser und eine Flasche Grappa und die beiden tranken sich zu, während um ihre Mundwinkel ein leises Lächeln spielte.

Wieder einmal war Rocco bei einem Kunden, Luzia in der Werkstatt und die Schnapsflasche stand auf dem Tisch.

Moretti hatte schon seit einiger Zeit versucht, Luzia den Arm um die Schultern zu legen, auch heute wieder. Endlich gab sie zögernd nach. Er küsste sie und sie liess ihn gewähren. Die beiden legten sich in Roccos Kammer. Das Bettgestell quietschte die Musik zu ihrer Freude.

Rocco kam früher als erwartet zurück. Er sah die Flasche, sah die Gläser, sah durch die offene Kammertür und war verwirrt.

Das also war es, was er seit einiger Zeit spürte, das also tat man mit einer Frau. Nie hatte jemand mit ihm darüber gesprochen. Schmutzige Witze, die er ab und zu aufgeschnappt hatte, verstand er nicht. Geahnt hatte er schon länger, dass da etwas war zwischen Mann und Frau. Aber so und erst noch mit seiner Mutter …

Vor Scham schoss ihm das Blut in den Kopf. Er lief weg. An einem Kanal setzte er sich auf die Stufen, die zum Wasser führten. Er zog die Schuhe aus und kühlte seine Füsse.

Ausgerechnet seine Mutter … In ihr auch eine Frau zu sehen, war völlig neu. Es war, als ob sich vor ihm eine Türe öffnete und hinter ihm eine zuschlug. Seine Füsse passten nicht mehr in die Kinderschuhe.

Als er in die Werkstatt zurückkam, war die Mutter nicht mehr da. Moretti sass bereits beim Abendbrot und Rocco erhielt eine extra Portion Wurst.

Luzia brachte nun zweimal die Woche frische Wäsche. Gelegentlich kochte sie in der Wohnung über der Werkstatt für alle drei. Moretti hatte wenig Erspartes, doch für eine Flasche Tischwein reichte es allemal.

Sein Leben hatte unverhofft Farbe bekommen – durch den Jungen, welcher ihm flott zur Hand ging und durch die Frau, welche Wind in seine schlaffen Segel blies.

Auch Luzia war es zufrieden. Rocco war gut untergebracht und auf sie wartete jemand mit glänzenden Augen.

Um dem Geschwätz im Quartier ein Ende zu setzen, heirateten Aldo und Luzia. Sie wohnten oben in der Wohnung. Rocco blieb unten in der Kammer neben der Werkstatt. Er hiess nun der junge Moretti und die Kundschaft fragte nach ihm.

Neun

Wenn der junge Moretti durch die Gassen ging, hielt er seinen kleinen Kopf immer etwas schief, ein Gegengewicht zur Werkzeugkiste, die ihm schwer an der Schulter hing. Sein blondgelocktes Haar war aussergewöhnlich für einen Venezianer, ebenso die blauen Augen, welche von einem grauen Schleier überzogen waren. Dieses Grau verlieh ihnen etwas Abwesendes und erweckte den Eindruck, als schauten sie mehr nach innen als nach aussen.

Rocco war schmächtig, die Arbeit aber hatte ihn zäh gemacht. Seine Schultern waren eckig, der Körper mager, die Arme muskulös. Wenn die Hände sich bewegten, sah man die Adern, die Sehnen und die Muskeln wie durch ein gläsernes Gehäuse. Meist klopfte er hinter verkniffenem Mund die Stockzähne aufeinander. Diese Bewegung wurde von der straffen Wangenhaut in Schach gehalten und zeichnete sich auf seinem Kiefer ab. Sie verlieh dem schweigsamen Jungen etwas Vernageltes und Verbissenes.

Ein Kunde der Schreinerei Moretti war ein Drechsler, welcher bei der Rialtobrücke ein Geschäft betrieb. Er hatte eine Tochter, Isabella, ein schönes grosses Mädchen mit langem Haar und fliessend tanzenden Bewegungen.

Ihre schmalen Hände waren wie aus Elfenbein. Rocco sah sie und war verliebt.

Isabella wusste um ihre Wirkung. Rocco war nicht der einzige, der von ihr träumte.

Der alte Moretti lieferte dem Drechsler roh zubehauene Klötze, welche dieser zu kunstvollen Kerzenstöcken drehte. So kam es, dass Rocco immer wieder mit einer Ladung Rohlinge zur Rialtobrücke geschickt wurde. In der halben Stunde, die er für den Weg vom Arsenale, wo Morettis Werkstatt lag, bis zum Drechsler brauchte, stellte er sich die bange Frage: Wird sie da sein?

Jede Katze, die ihm über den Weg lief, war für ihn eine Botschaft. Die erste Katze sagte: «Ja, du wirst sie sehen.» Die zweite jammerte: «Nein, sie ist nicht da», die dritte bejahte seine Frage, aber schon die nächste trug ihm wieder ein Nein zu. Endete der Katzenreigen bei der Rialtobrücke mit einem Katzenjammer, so drehte Rocco eine Zusatzschleife in eine winzige Seitengasse. Dort, am Ende der Gasse, geduckt in einen zurückversetzten Hauseingang, stand eine kleine Katzenhütte, daneben zwei Schälchen für Wasser und Futter. In aller Regel sass die Katze in der Hütte wie ein Huhn auf den Eiern und starrte mit funkelnden Augen aus ihrem kleinen Torbogen.

Also «Ja!»

Nun lief Rocco schnell zum Geschäft des Drechslers und wagte keinen Blick mehr weder nach rechts noch nach links. Er lieferte die Holzklötze in der Werkstatt ab. Dann blieb er im Laden stehen, als ob er Wurzeln geschlagen hätte. Isabella bediente die Fremden, welche ein Reiseandenken mit nach Hause nehmen wollten.

«Da nimm», sagte Isabellas Mutter, reichte ihm ein Brötchen oder einen Apfel und spedierte den Jungen wieder vor die Tür.

Eine Schatulle wollte er für Isabella machen, ein Schmuckkästchen, so schön wie es noch keines gab. In den nächsten Wochen schlich er sich nachts, wenn alles schlief, in die Werkstatt. Er wählte helles Eschenholz. Die Seitenwände fügte er mit zierlichen Verzahnungen ineinander, der lose Zwischenboden war in kleine quadratische Fächer unterteilt. Über dem Boden war eine flache Schublade eingebaut, die sich an der Frontseite herausziehen liess. Damit die Schublade bei unachtsamem Öffnen nicht herausfiel, hatte sie an den Seitenkanten zwei Stifte, die sie bremste. Der Schubladenboden war mit dunklem Zwetschgenholz ausgelegt. Die Innenseite des Deckels liess sich aufklappen, darunter verbarg sich ein weiteres Fach. Mit feinstem Schleifpapier und Bienenwachs wurde das Holz poliert, bis es schimmerte.

Rocco schloss die Augen und spielte mit dem fertigen Stück. Es schmeichelte seinen Händen und er stellte sich Isabellas Hände vor und ihr Entzücken.

Beim nächsten Botengang zum Drechsler nahm er die Schachtel mit. Sie lag verborgen unter seinem Hemd über seinem pochenden Herzen.

Isabella war allein im Laden.

«Für dich», sagte er und hielt ihr sein Geschenk hin. Sie lächelte. Flink öffnete sie das Kästchen und untersuchte es.

«Wo ist es?» fragte sie.

«Was meinst du?»

«Das Geschenk», antwortete sie ungeduldig.

«Es ist doch hier», sagte er und reichte ihr das Kästchen ein zweites Mal. Da lachte sie, dass es ihm ins Herz schnitt.

«Das soll ein Geschenk sein, eine leere Schachtel? Schau dich doch um, hier gibt es Schachteln, so viel du willst.»

Tatsächlich! Rocco hatte es früher gar nicht bemerkt. Im Laden lagen Schachteln in allen Formen und Farben, von billiger Machart, Ware, die der Meister zukaufte, um sie an die Laufkundschaft zu verscherbeln.

«Ich dachte, du gibst mir einen Ring oder eine Kette, aber eine leere Schachtel – unfassbar.»

Sie spuckte verächtlich und liess Rocco stehen. Wie ein geschlagener Hund schlich er weg.

Zehn

Einen Ring oder eine Kette ... Damit also war Isabellas Liebe zu gewinnen, mit einem Ring oder einer Kette.

Aber wie sollte er ein solches Schmuckstück kaufen können? Für seine Arbeit erhielt er keinen Lohn. Söhne, und er war ja so etwas wie Morettis Sohn, braucht man nicht zu bezahlen. Sie gehören zur Familie. Die Kunden gaben ihm ab und zu ein Trinkgeld, aber die wenigen Münzen hatten kaum Wert.

Und doch: Einen Ring oder eine Kette ...

Durch Roccos vorzügliche Arbeit angelockt, bekam die Schreinerei Moretti immer häufiger Aufträge aus guten Häusern. So rief man den jungen Schreiner auch in die Kirche im Quartier. Auf dem Altartisch hatte sich das Furnier gelöst, weil Blumenwasser darauf ausgeschüttet worden und liegengeblieben war. Der Kirchendiener war beauftragt worden, Rocco abends die Kirchentüre zu öffnen, damit er arbeiten könne. Tagsüber hätte er den kirchlichen Messebetrieb gestört.

Rocco legte sein Werkzeug bereit und besah sich den Schaden. Erst löste er das abgesplitterte Holz und schnitt dann neues Furnier passgenau zu. Er bestrich es mit Leim und fügte es sorgfältig in die Lücke. Dann legte er ein

Brett darüber und setzte sich darauf, so lange, bis der Leim anzog. Dabei schweifte sein Blick über den Altar mit den heiligen Figuren. Die Madonna trug ihr Kind auf dem Arm, ein süsses Baby mit dicken Beinchen und rundem kahlem Kopf. Das Christuskind war nackt. Um den Hals trug es eine Kette.

Eine Kette – hier war eine Kette.

Aber sie nehmen, in der Kirche stehlen?

Angst packte ihn. Hastig sprang er vom Tisch und verliess fluchtartig die Kirche. Vor dem Tor lief er dem Kirchendiener in die Arme, gab kurzen Bescheid, dass die Arbeit bis morgen Abend ruhen müsse und rannte weg.

An Schlaf war in dieser Nacht nicht zu denken. Das Christuskind flog wie ein Engel durch die Kammer, die Kette baumelte an seinem Hals. Hinter ihm her raste der Teufel mit spitzer Gabel. Er angelte sich die Kette und schwenkte sie vor Rocco hin und her, verlockend, in Griffnähe. Jedes Mal, wenn der Junge die Hand nach ihr ausstreckte, zog der Teufel die Gabel weg und höhnte: «Wer stiehlt, kommt in die Hölle.» Dann lockte er: «Hier, nimm!»

Am darauffolgenden Abend ging Rocco wieder in die Kirche. Das Furnier auf dem Altartisch war trocken, die Reparatur vorzüglich gelungen. Er räumte sein Werkzeug in die Kiste. Dabei zwang er sich, seine ganze Aufmerksamkeit diesem Einräumen zu widmen. Eilig hastete er zur Kirchentüre und vermied jeden Blick zurück. Beinahe der Versuchung entronnen, drehten unsichtbare Hände seinen Kopf. Er sah die Kette und konnte sich nicht mehr beherrschen. Schon stand er unter dem Altar, kletterte auf den Tisch und streifte dem Christuskind den Schmuck vom Kopf. Er raste nach Hause und schloss sich in seiner Kammer ein.

Als die Mutter zum Abendbrot rief, wimmelte er sie ab mit der Ausflucht, ihm sei schlecht, was ja auch stimmte.

Wieder folgte eine schlaflose Nacht.

Die Kette lag unter seinem Kopfkissen. Es war die Hölle.

Stehlen – er – in der Kirche – vom Christuskind – oh Gott!

Die Kette musste weg, jetzt, gleich, sofort! Er musste sie zurückbringen, ja, zurückbringen. Dann war alles wieder gut.

Geräuschlos verliess er das Haus. Die Gassen waren menschenleer. Nach kurzer Zeit stand er vor der Kirchentüre. Sie war verschlossen. Auch der Eingang zur Sakristei war verriegelt.

Wohin nun mit der Kette? Ach, wohin damit?

Tränen der Verzweiflung schossen ihm in die Augen. Die Kette brannte. Das Herz raste.

Er rannte weg, ziellos. Nur weiter, immer weiter. Er durchquerte die Stadt. Eine lange schmale Gasse lag vor ihm. An ihrem Fluchtpunkt baumelte eine Strassenlaterne und zeichnete ein schwaches Nebellicht vor den fahlen Nachthimmel. Rocco rannte darauf zu und landete geradewegs am Ufer. Die Insel San Michele war im Dunkeln schwach sichtbar. Rocco zerrte die Kette aus der Hosentasche und schleuderte sie von sich. Lautlos wurde sie vom Meer verschluckt. Ein Seufzer der Erleichterung befreite sich aus seiner Brust. Wie ein Pferd ohne Reiter trugen ihn seine Füsse heim.

Es folgten Tage voller Angst. Ist der Diebstahl schon entdeckt? Verdächtigt man ihn? Die Fragen liessen ihm keine Ruhe. Er lauerte auf jedes Wort, das um ihn herum gesprochen wurde.

Am Sonntag sollte er wie gewöhnlich mit der Mutter zur Messe gehen. Wieder schob er Unwohlsein vor und so ging sie alleine. Als sie zurückkam, platzte die Neuigkeit aus ihr heraus:

«Wisst ihr, was geschehen ist? Es ist unglaublich! – In der Kirche ist gestohlen worden. Stellt euch vor, man hat die Kette vom Hals des Jesuskindes geklaut – die schöne, schwere Silberkette. – Sie ist ein Vermögen wert mit all den Rubinen und Saphiren auf dem goldenen Kruzifix. – Der Priester hat gesagt, sie sei ein Geschenk des Bischofs von San Pietro di Castello, damals als unsere Kirche 500 Jahre alt geworden war. Und jetzt – einfach weg! – So ein Halunke! Aber warte! Dich wird man finden! – Sogar gebetet haben wir, dass der Dieb gefangen wird.»

Roccos Hals und Gesicht verfärbten sich bei Mutters überschäumenden Worten dunkelrot, doch sie war so in Rage, dass sie es nicht bemerkte.

«Ja, ja, dieses Lumpenpack», brummte der alte Moretti. Damit war die Sache für ihn abgetan.

Von Schlaflosigkeit getrieben irrte Rocco in den folgenden Nächten durch die Stadt. Ungewollt landete er jedes Mal am Fondamenta Nuove, da wo er die Kette ins Wasser geworfen hatte. Handwerkerboote mit Baumaterial waren am Ufer vertäut. Einige Stufen führten zum Wasser hinunter. Neben den Stufen war ein schwerer Ring in die Ufermauer eingelassen, an dem man Boote anbinden konnte. Rocco sah den Ring und er sah die Stufen zum Meer, wo die Kette liegen musste. Schwimmen konnte er nicht. Er überlegte, dass er sich am Ring festhalten könnte, um nach der Kette zu tauchen. Besser noch wäre es, er hätte einen Strick. Er kletterte auf eines der Handwerkerboote und löste ein Seil, welches Holzlatten zusammenhielt. Wieder am Ufer zog er seine Kleider aus. Das Seil knüpfte er an den Ring, hielt sich daran fest, stieg vorsichtig die glitschigen Stufen zum Wasser hinunter und tauchte unter. Vergeblich suchten seine Augen den Grund zu erspähen. Das Wasser war zu dunkel und zu tief. Noch nass schlüpfte er in die Kleider und ging nach Hause.

Dieses Bad, das sich von nun an jede Nacht wiederholte, verschaffte ihm für kurze Zeit Erleichterung und gab ihm das trügerische Gefühl, von seiner Sünde reingewaschen zu sein. Aber am Tag bedrängte ihn seine Tat von neuem. Er war ein Dieb.

Wenn er sich in seiner Verzweiflung nur jemandem hätte anvertrauen können. Doch die Worte, die in seinem Kopf angeschwemmt wurden, formten sich nicht zu Sätzen und ein freundliches Ohr gewahrte er nirgends. Zur Kirche ging er nicht mehr, so sehr ihn seine Mutter auch drängte.

Der Diebstahl geriet bei den Leuten in Vergessenheit, nicht aber bei Rocco. Wie eine feuchte Hausmauer überzog sich seine Seele mit Schimmel.

Er vergrub sich in seine Arbeit. Die Kette wurde nie gefunden. Der Dieb auch nicht. Isabella war nur noch ein verlorener Traum.

Elf

Rocco sitzt auf der steinernen Bank beim Dogenpalast. Er döst vor sich hin. Unvermittelt fährt er aus dem Dämmerschlaf auf und bellt. Mit hochgerissenen Armen wehrt er vermeintliche Feinde ab. Er kläfft und schreit und erschreckt damit die Touristen, welche auf der Brücke stehen.

Gelegentlich aber bleibt er ruhig und beobachtet seine Umgebung. Sich selber nimmt er dabei kaum mehr wahr. Er wird Teil der Bank und des Gebäudes, an welches er sich anlehnt.

Auf dem Brückenaufgang vor ihm steht ein Ehepaar. Der Mann bewundert die Seufzerbrücke. Seine Frau fingert an ihm herum. Sie pickt Haare und Schuppen von seinem Pullover. Ungerührt lässt er es mit sich geschehen. Er steht im Zentrum ihrer Aufmerksamkeit und kennt nichts anderes. Mit einem Taschentuch entfernt sie eingetrockneten Rasierschaum von seinem Ohr. Sie prüft ihr Werk. Sein rechter Schuh ist schlecht gebunden. Auf ihre Anweisung hin bückt er sich und bindet ihn neu. Dann geht er weiter, sie hinter ihm her. Von der Seufzerbrücke hat sie nichts gesehen.

Roccos Augen bleiben an einem anderen Mann hängen, der auf dem grossen Platz vor der Mole steht. Der Mann blickt sich nach seiner Frau um und ruft verärgert: «Nun komm endlich!»

«So warte doch.» Sie durchstöbert die Auslage eines Souvenierstandes. «Ich brauche etwas Geld», bettelt sie.

«Wozu denn jetzt schon wieder?»

«Nur schnell.»

Widerwillig kramt er die Geldbörse aus der Gesässtasche. Wie einem Schulmädchen zählt er ihr einige Münzen auf die Hand. Nachdem sie das Souvenir gekauft hat, kommt sie hastig zurück. Brav übergibt sie ihrem Mann das Wechselgeld. Was sie gekauft hat, will er gar nicht sehen. Schon geht er weiter, sie hinter ihm her, in der Hand die Plastiktüte, gefüllt mit kurzem Glück.

Jetzt beobachtet Rocco ein Pärchen, das seine Uhren vergleicht. «In einer Viertelstunde treffen wir uns wieder hier.» Er geht nach links und sie nach rechts.

Es dauert kaum einige Minuten, da kommt sie schon zurück. Sie stellt sich auf den vereinbarten Platz. Von der wundervollen Fassade des Dogenpalastes nimmt sie keine Notiz. Ihre Aufmerksamkeit gilt ihrer Uhr.

Er ist noch nicht da. Die Minuten verstreichen. Ungeduldig schaut sie auf ihre Uhr, zieht das Uhrwerk auf und hakt das Band enger ein. Immer wieder blickt sie um sich und dreht dabei den Kopf wie ein Vogel ruckartig in alle Richtungen.

Die schwarz glänzenden Gondeln mit den fröhlich singenden Gondoliere gleiten unbeachtet an ihr vorüber. Er ist noch immer nicht da.

Ein Verkäufer mit einem Bauchladen kommt vorbei und ruft: «Gelati!» Das wäre doch eine famose Idee, sich mit einem Eis gemütlich auf die Treppenstufen zu setzen. Aber nein. Es war abgemacht, in einer Viertelstunde. Wo bleibt er nur?

Ein grosser Dampfer gleitet vorüber. Wie ein Hochhaus schiebt sich das Ungetüm in die Lagune. Die majestätische Silhouette der Stadt schrumpft neben dem Riesen zum Spielzeug. Alles bleibt stehen und staunt. Nur die Frau hat kein Auge für den Koloss. Ihre Uhr ist es, mit der sie sich beschäftigt. Schon 20 Minuten darüber.

Endlich. Da kommt er, schwenkt eine Rose in der Hand und lacht. «Sorry, ich habe...»

«Ich will nichts wissen. Ich hasse es, wenn man mich warten lässt.»

Der Tag ist im Eimer, die Rose auch. Fährt man dafür um die halbe Welt?

An jeder Ecke wird fotografiert. Fast alle Touristen verfallen diesem Zwang. Vor allem Männer scheinen dafür ausersehen zu sein. Das ausgefahrene Objektiv baumelt über ihren dicken Bäuchen, Potenz markierend. Wie verschupfte Hühner tragen die Frauen ihnen die Fototaschen hinterher. Ist das Motiv gefunden, was in Venedig wahrlich keine Kunst ist, so muss der Bildausschnitt gewählt werden. Der Fotograf geht vor, dann wieder einige Schritte zurück, oder vielleicht besser etwas zur Seite – eine Staatsaktion. Sie beobachtet aufmerksam das Werden der Schöpfung. Grossartig, er hat geknipst.

Jetzt darf auch sie noch mit aufs Bild. Mutter an der Mole, Mutter mit den Tauben, Mutter mit Spaghetti.

Roccos Augen wandern zu einem anderen Paar. Ein Mann und eine Frau, beide schon leicht angegraut, kommen auf der Brücke aufeinander zu. Sie strahlen sich an und fallen sich in die Arme.

Noch ist nicht aller Tage Abend. Rocco atmet auf. Endlich zwei Menschen, die miteinander zufrieden sind.

Warum war es ihm nicht vergönnt, eine Frau zu haben, die er hätte lieben können? Erinnerungen hüllen den alten Mann ein. Sein Blick richtet sich wieder nach innen. Die Aussenwelt gleitet an ihm ab wie Regentropfen an der Scheibe.

Zwölf

Im vornehmen Haus eines Bankiers war das Treppengeländer zwischen Erd- und Obergeschoss an einigen Stellen gebrochen. Der junge Moretti wurde gerufen. Rocco führte immer wieder komplizierte Arbeiten aus, zur vollen Zufriedenheit seiner anspruchsvollen Kundschaft. Mit jedem fertigen Stück empfahl er sich fürs nächste. Der Bankier hörte von dem geschickten Schreiner und liess ihn holen.

Das Geländer bestand zwischen Bodenleiste und Handlauf aus feinen, senkrechten Holzpanelen, die durch schmale Zwischenräume voneinander getrennt waren. Von den Zwischenräumen her waren kunstvoll Tiere in die Panelen geschnitzt, zu einer Panele hin der Vorderkörper, zur andern hin das Hinterteil. Das ausgeschnittene Holz, die Negativfigur, war das Tier. Einige Panelen fehlten. Wegen dieser Lücken waren viele Tiere unvollständig, der Katze fehlte der Kopf und die Vorderpfoten, dem Fisch der Schwanz, dem Vogel Schnabel und Füsse.

Rocco hatte freie Hand, die Tiere nach seiner Vorstellung wieder heil werden zu lassen. Er liebte diese Arbeit, rutschte auf den Treppenstufen auf und ab und war ganz vertieft.

Die Katze bekam einen Buckel und sie stellte die Ohren, dem Fisch spreizte er den Schwanz wie ein Pfauenrad, der Vogel erhielt einen Adlerkopf und befederte Beine mit Krallen, die leicht ein junges Schaf hätten wegtragen können.

Unerwartet kam ein Stubenmädchen die Stufen hoch und stellte eine heisse Schokolade – weiss der Himmel, wie sie diese aus der Küche hatte schmuggeln können – vor ihn hin.

«Ich heisse Maura, und du?»

«Rocco.»

«Oho, Rocco mit den blonden Locken.» Sie wiegte sich in ihren Hüften, machte kehrt und lief wieder die Treppe hinunter. Dabei streifte der Saum ihres Kleides seine Wange. Die Schokolade war köstlich.

Maura hatte im Erdgeschoss, bald aber wieder im ersten Stock zu tun und lief dauernd treppauf und treppab. Jedes Mal, wenn sie an Rocco vorbeikam, ringelte sie eine seiner Haarsträhnen um ihren Finger. Sein Kopf war bald voll kleiner blonder Schlangen.

Maura war ein vergnügtes rundes Ding mit Plappermaul, kupferrot gefärbtem Haar und kurzen dicken Fingern. Die Handrücken sahen aus wie weiche Kissen und an jeder Fingerwurzel hatte es ein Grübchen.

Bis das Geländer fertig geflickt war, hatte Rocco drei Wochen lang zu tun. Die heisse Schokolade wurde zur Regel und Mauras Lachen täglich herzhafter.

Einmal beobachtete er, wie der Sohn des Hauses an Maura vorbei lief und ihr einen Klaps auf den Hintern gab.

Sie lachte: «Ciao amigo.»

Am nächsten Abend, bevor Rocco das Haus verliess, stand Maura wie zufällig bei der Haustür. Er nahm all seinen Mut zusammen und gab ihr ebenfalls einen Klaps auf den Hintern.

Sie lachte: «Ciao amigo mio.»

Das hätte er nicht gedacht – so einfach ging das.

In den nächsten Tagen war Maura sozusagen nur noch mit Treppenpolieren beschäftigt. Die heisse Schokolade liess sie nun am Morgen und am Nachmittag auffahren.

Eines Abends zog sie ihn in ihre Kammer. Sie löste ihre Schürze und zog Rock und Unterröcke aus. So viel Stoff hatte er überhaupt noch nie gesehen. Er wusste nicht wie reagieren, hatte keine Erfahrung. Glücklicherweise Maura schon.

Luzia war zufrieden mit der zukünftigen Schwiegertochter. Ihr unbeschwertes Geplauder, das den ganzen Tag vor sich hin plätscherte, ihr einfaches Wesen, dem alles Grüblerische abging, würde ihrem Sohn guttun. Seine Verschlossenheit und sein nächtliches Herumtreiben, das ihr nicht verborgen geblieben war, beunruhigte sie. Konnte man so durchs Leben gehen? Maura würde es schon richten.

Beim Gedanken an Roccos Zukunft atmete sie auf. Eine Familie zu ernähren hatte noch jedem Mann gut getan. Auch ihn würde die neue Herausforderung stark machen. Sie hoffte, dass er sich nun endlich hinstellen würde, um zu sagen, wie der Karren laufen solle. Der Erfolg von Morettis Geschäft, dessen war sich Luzia sicher, war ja nur Roccos Geschick zu verdanken. Mit Maura würde er endlich aus sich heraus kommen. Rocco – ein Herr!

Luzias hochfliegende Pläne für ihren Sohn hatten lange Zeit auf Eis gelegen. Jetzt tröpfelte Schmelzwasser.

Für die Hochzeit liess es sich nicht vermeiden, dass Rocco zur Kirche gehen musste. Als er den Kirchenraum betrat und den Geruch nach Weihrauch, feuchtem Mauerwerk und Kerzenwachs einatmete, pochte sein Herz bis zum Hals. Krampfhaft versuchte er, das Jesuskind nicht anzublicken. Das Baby sass auf dem Arm seiner Mutter, ohne Schmuck.

Roccos Gedanken waren nicht bei der Sache. Zwei Mal musste der Priester fragen, bis der Bräutigam sein «Si» vernehmen liess. Den Ring an Mauras dicken Finger zu stecken gelang erst mit ihrer Hilfe.

Einen Ring oder eine Kette …

Die Erinnerung an den Diebstahl war in allen Einzelheiten gegenwärtig, jede Bewegung, die er damals gemacht hatte, jeder Gedanke, der ihm damals durch den Kopf geschossen war. Er durchlitt die gleiche Qual und Angst wie bei der Tat.

Die Hochzeitsgäste deuteten seine Verwirrung als Schüchternheit. Beim Hochzeitsessen hänselten sie ihn und sagten, es sei höchste Zeit, dass eine Frau in seinem Leben zum Rechten sehen würde.

Maura war quietschvergnügt und schäkerte mit jedem.

Die jungen Leute mieteten eine bescheidene Wohnung. Luzia hatte beim alten Moretti durchgesetzt, dass er dem Jungen endlich einen Lohn auszahlte.

Maura behielt ihre Stellung im Herrenhaus des Geldes und anderer Annehmlichkeiten wegen.

Ihre Gesellschaft tat Rocco gut. Jeden Abend legte er sich zu seiner Frau ins Bett und kostete ihre Weichheit aus. Dann fiel er in traumlosen Schlaf. Das nächtliche Bad im Meer und Isabellas elfenbeinfarbene Hände hatten im neu gegründeten Hausstand kein Wohnrecht.

Dreizehn

Maura war eine gute Köchin. Sie kaufte ein, viel zu viel, wie Rocco schien, aber das Essen war vorzüglich. Wenn er abends nach Hause kam, die Arme schlaff von der Arbeit, die geröteten Augen tränend vom angestrengten Schauen, setzte sie ihm einen vollen Teller vor und er freute sich. Jede Gabel belud er andächtig mit all den Köstlichkeiten, schob sie in den Mund und kaute mit Ausdauer und grossem Wohlbehagen.

Seine Frau sass ihm gegenüber. Sie schluckte ihre Bissen rasch und goss tüchtig nach. Dazwischen verhandelte sie die ganze Welt. Anfänglich hatte Rocco darauf etwas erwidern wollen. Doch bis er seinen Bissen endlich geschluckt hatte, war sie schon beim nächsten Thema und seine Antwort Brot von gestern. Beide störte dieses halbe Gespräch nicht. Die Sache war so, wie Maura sagte und basta.

Trotz des Wasserfalls ihrer Worte und den grossen Mengen, die sie in sich hineinschlang, war sie mit dem Essen vor Rocco fertig. Sie wusch das Geschirr und nahm ihm seinen Teller noch unter dem letzten Bissen weg. Gelegentlich wickelte sie eine seiner blonden Haarsträhnen um ihren nassen Finger und beide lachten.

Maura war eine Elster. Alles was schrill glänzte, gefiel ihr. Dauernd brachte sie unnützes Zeug nach Hause, vergoldete Gondeln mit Hochzeitspaaren, bizarres Glas in schauermärchenhaften Tierformen, grelle Sonnenhüte mit Wappen und bunten Federn und vor allem Löwen. Einer hatte ein Lämpchen im Kopf. Wenn man es anzündete, funkelten die Augen. Einer war eingeschlossen in eine Glaskuppel, in der es schneite. Einen geflügelten Löwen konnte man aufziehen, dann schlug er mit den Flügeln. Die Kommoden im Flur und Wohnzimmer, der Küchenschrank, beide Nachttischchen, alles war voll mit diesem Kram.

Rocco, der ein Auge für schöne Handarbeit und ein Gefühl für ausgewogene Formen hatte, beschwerte sich.

«Es ist mein Geld, bitte sehr», sagte sie und kaufte munter weiter.

Besonderen Gefallen fand sie an billigen Kleidern, Dutzendware, die auf den Touristenmärkten feilgeboten wurden. Über ihre Leibesfülle spannte sich der schillernde Stoff.

Um ihre Schönheit zu unterstreichen, benutzte Maura Schminke und Nagellack. Am Ende ihrer kurzen Finger hingen die roten Blutstropfen. Bis der schadhafte Lack jeweils wieder erneuert wurde, dauerte es Tage. Ihr Parfüm war von der günstigen Sorte, ein Duft, der haften blieb.

Aber es war gemütlich bei ihr. Rocco war einfach da und seine Gedanken machten ausgedehnte Wanderungen. Dazu hätte er gerne einen leeren Raum gehabt, wo ihn nichts gestört hätte.

Der gegossene Terrazzoboden im Wohnzimmer gefiel ihm. Die geschliffenen Mosaiksplitter glänzten in einem warmen Ockergelb, der Rand war mit dunkleren, rehbraunen Steinen abgesetzt. Aber leider war der Boden derart mit Möbeln, Blumentöpfen und Nippsachen überstellt, dass man keinen freien Schritt tun konnte. Oft räumte Rocco in Gedanken das Zimmer völlig leer.

Einmal die Woche, an Mauras Waschtag, trug er den schweren Wäschekorb auf die Zinne. Aufgehängt an Hanfseilen trocknete die Wäsche schnell. Er stand zwischen den flatternden Tüchern, atmete den Duft der frischen Wäsche ein und sein Blick schweifte über die rotbraunen Ziegeldächer der Stadt, die sich überall berührten. In der Ferne ahnte man das Meer und die grossen Schiffe auf ihrem Weg in die weite Welt.

Rocco war nie über Venedig hinausgekommen. Die Stadt war seine Welt und er war gerne hier.

In klaren, mondlosen Nächten schlich er manchmal aus dem Ehebett, schnappte sich eine Wolldecke und stieg auf die Zinne. Dort legte er sich unter die Sterne. Am Morgen wusste er dann nicht, ob er geschlafen oder mit offenen Augen geträumt hatte. Die Sterne hatten sich in Edelsteine verwandelt, ein kostbarer Schatz, den er mit sich trug.

An den Sonntagen begleitete Maura ihre Schwiegermutter zur Kirche. Die beiden Ehemänner blieben zu Hause. Luzia kam der Umstand, mit Maura alleine zu sein, sehr gelegen. Sie horchte ihre Schwiegertochter aus und diese erzählte bereitwillig alles, was die Schwiegermutter über die jungen Leute wissen wollte. Luzia war enttäuscht, dass Rocco noch immer keine Anstalten machte, seine Verträumtheit abzulegen. Jetzt war er doch verheiratet, sie hatte sich so viel davon versprochen. Wenn nur der Kaufmann in ihm endlich erwachen würde. Er sollte sich besser verkaufen, ein ganzer Mann sein, das wünschte sie voller Inbrunst.

Immer wieder setzte sie kleine Stiche, die Maura veranlassen sollten, ihrem Mann Feuer unter dem Hintern zu machen.

«Eure Wohnung ist zu klein – Wenn ihr Kinder habt, braucht ihr mehr Platz – Seine Arbeit ist viel mehr wert – Eine Reise ins Ausland wäre fällig – Es ist eine Schande, dass du immer noch bei fremden Leuten arbeiten musst – Er sollte dir eine Waschmaschine kaufen und einen Pelzmantel, das ist das Mindeste – Auf dem Markt gibt es jetzt die ersten Kirschen.»

Alles, was die Jungen nun plötzlich haben sollten, war Luzia ein Leben lang versagt geblieben. Sie wusste, dass nichts davon mehr zu erreichen war. Rocco aber sollte in der Sonne stehen. Die Sonne würde von ihm abstrahlen und auch sie vergolden.

Maura kam vom Kirchgang nach Hause. Die Stiche der Schwiegermutter hatten Widerhaken und sassen fest. Plötzlich hatte sie an allem herumzunörgeln.

«Deine Hände sind ungepflegt, und deine Kleider, du siehst aus wie ein Arbeiter – Lies endlich Zeitung – Du hast ja von nichts eine Ahnung – Mach den Mund auf – Sei endlich ein Mann!»

Wenn ihm die dauernde Kritik seiner Frau zu viel wurde, verliess er die Wohnung und kam erst beim Eindunkeln zurück. Wie hätte es auch anders sein können. Rocco stellte sich keiner Auseinandersetzung. Das einzige, was er konnte, war flüchten.

Im Laufe der Woche verebbte die Flut der Vorwürfe und Maura fand wieder ihren Gleichmut. Am Sonntag jedoch öffnete die Mutter erneut die Schleusen.

Auch wartete sie ungeduldig auf ein Enkelkind. Stolz mit dem herausgeputzten Bambino herumspazieren zu können, wäre ihr eine grosse Genugtuung gewesen. Ihr eigenes Kind musste sie ja damals verstecken und sich seiner schämen.

Auch Rocco wünschte sich ein Kind. Wenn er einem Mann mit einem Kind begegnete, blieb er oft stehen und betrachtete die kleine Hand in der grossen. Auch in seiner Hand hätte es Platz für eine kleine. Es war schön zu sehen, wie die Knirpse sich von ihren Vätern in die Welt führen liessen. Neugierig bestaunten sie alles um sich herum, auf ihre Füsse nicht achtend. Oft stolperten sie, aber sie fielen nicht hin. Die Hand des Vaters hielt sie fest und die Kleinen vertrauten blindlings.

Rocco dachte oft an Elio und seine nie ausgesprochene Liebe zu ihm – Elio, die Quelle für Freude und Lebendigkeit. Er vermisste das Umherschweifen im strömenden Regen, Elios Lachen und seinen Übermut. Er vermisste all die unbekümmerten Spiele, bei denen sie beide die Welt vergessen hatten. Ein Kind könnte diese Freude zurückbringen.

Im Laufe der Zeit wurde Maura dicker, aber nicht schwanger.

Vierzehn

Seit längerem kränkelte Aldo Moretti. Durch den feinen Holzstaub, den er ein Leben lang eingeatmet hatte, waren seine Lungen geschädigt. Er hatte einen hartnäckigen, trockenen Husten. Fieber kam hinzu. Der Husten schmerzte und schwächte ihn. Er spuckte grünen Schleim.

Luzia bot alle ihre Kenntnisse an Hausmitteln auf. Sie liess ihn Kamillendämpfe einatmen, kochte Eukalyptus, Salbei und Thymian aus, damit sich die Wohnung mit dem Duft füllte und fügte dem heissen Zinnkrauttee Honig und Zitronen bei. Sie nötigte ihn zu trinken, auch wenn er keinen Durst verspürte. Ein Unterhemd tränkte sie in warmem Öl und streifte es ihm über. Sie zog ihm dicke Wollsocken an und legte auf beide Seiten der Füsse eine heisse Wärmeflasche. Dennoch hustete Aldo. Vor allem in den Nächten war er sehr unruhig.

Eines Morgens spuckte er Blut. Das Fieber stieg. Der Arzt verschrieb Medikamente. In der folgenden Nacht schüttelte ihn ein Hustenanfall nach dem anderen. Dazwischen sank er erschöpft in die Kissen. Luzia rannte weg, um Hilfe zu holen.

Als sie mit Maura und Rocco zurückkam, hing Aldos Kopf über der Bettkante. Ein Arm war nachgerutscht, die

Hand lag auf dem Boden in einer Blutlache. Noch immer tropfte Blut aus Mund und Nase.

Maura floh aus dem Haus. Luzia und Rocco legten den Toten zurück auf die Kissen. Sie wuschen ihm das Gesicht und die Hände und den Boden.

Als der Sarg kam, half Rocco beim Einbetten. Dann setzte er sich neben den Toten und betrachtete Aldo Morettis leere Hülle. Seine Hände waren ihm am besten vertraut. Ihnen hatte er oft zugeschaut, von ihnen sein eigenes Handwerk gelernt. Die Hälfte des kleinen Fingers der linken Hand fehlte, war früher einmal einem Sägeblatt zum Opfer gefallen. Die Fingergelenke waren verdickt, von Gicht verformt. Die verhornten Nägel waren ausgefranst, verbraucht. Die gelbliche Haut hing schlaff wie ein zu grosser Handschuh über den Knochen. Man hatte die Hände zum Gebet gefaltet. Ein ungewohnter Anblick.

In einem unbeobachteten Moment hob Rocco den Halsausschnitt des Leichenhemdes hoch und betrachtete die bewegungslose Brust des Toten. Seit Elio gestorben war, hatte er keine Leiche mehr gesehen. Damals hatte das Entsetzen von ihm Besitz ergriffen und die Erinnerung daran war noch immer lebendig. Jetzt aber sass er da, war ruhig und ohne Furcht. Ein Mensch war gestorben und hatte einen abgetragenen Mantel zurückgelassen. Darüber entsetzt zu sein und zu weinen schien Rocco unangebracht. Wird er auch so furchtlos sein, wenn es einst um seinen eigenen Mantel geht?

Damit Luzia nicht alleine sein musste, wohnte sie in den Tagen nach der Bestattung bei den Jungen. Die Wohnung war für drei Personen sehr eng, deshalb ging sie bald wieder zurück.

Wieder zu Hause begann sie Morettis Sachen zu ordnen und war froh über die Beschäftigung. Obwohl sie Aldo nicht wirklich geliebt hatte, war das Leben mit ihm in zufriedenen Bahnen verlaufen. Für niemanden sorgen zu müssen war neu für sie und hinterliess eine Leere. Zum ersten Mal seit sie denken konnte, war sie allein.

Sie kehrte das Hinterste nach vorne, schichtete alles um und schnüffelte in jede Ecke, nur um ihre Hände und Gedanken zu beschäftigen. Auf dem Boden eines Wandschranks lagen unter einem Stoss alter Vorhänge kaum getragene Kleider. Herrenhemden mit eingesticktem Monogramm AM, gestarkte Kragen, Samtschleifen. Auch Frauenkleider waren dabei. Sicher hatten sie einmal Morettis erster Frau gehört. Unter anderem fand Luzia eine Bluse mit plissiertem Kragen, ein geblümtes Mieder, einen blau-rot gestreiften Rock, zwei Schultertücher, eines fein bestickt, das andere aus schwarzer Seide mit langen Fransen. Sie zog die Kleider an. In der Rocktasche fand sich ein goldenes Ohrgehänge mit tropfenförmigen Korallen, ein schöner Schmuck. Sie legte ihn an und besah sich im Spiegel. Tränen schossen ihr in die Augen. Nie hatte sie als junge Frau so schöne Dinge besessen, damals als ihre Haut noch frisch war. Jetzt war ihr Hals rot und faltig, der festliche Kragen liess ihn noch hässlicher aussehen. Die Brust hatte nicht Platz im schmalen Mieder, das graue Haar gab schlaffe Ohrläppchen frei. Es war zu spät.

Morettis Schlüsselbund hing am Nagel neben der Wohnungstür. Luzia nahm ihn und stieg in die Werkstatt hinunter. Sie schloss das Kästchen auf, in dem Aldo jeweils den Grappa aufbewahrt hatte. Es war noch eine Flasche da, zur Hälfte gefüllt. Luzia setzte die Flasche an den Mund und trank sie leer.

Dann begann sie, das Kästchen auszuräumen. Zwei Schachteln lagen da, gefüllt mit viel Papier. Sie begann zu lesen, doch die Buchstaben schwankten vor ihren Augen wie Boote in Seenot. Sie musste sich hinlegen.

Stunden später erwachte sie und war verwirrt. Sie lag auf dem Bett in der Kammer neben der Werkstatt, in fremden festlichen Kleidern, mit Schmuck im Ohr und einem schalen Geschmack im Mund. Um die Schultern trug sie einen feinen Schal, an den Füssen ihre ausgetretenen billigen Hausschuhe. Auf der Werkbank lagen Zettel verstreut. Es waren Rechnungen und Schuldscheine. Moretti hatte auf allen Rechnungen das Datum der Bezahlung vermerkt, sämtliche waren beglichen. Erleichtert stellte Luzia fest, dass ihr Mann keine Schulden hinterlassen hatte.

Und die Schuldscheine? Viele waren mit A. Moretti quittiert, hatten keine Bedeutung mehr. Doch auf einigen fehlte seine Unterschrift. Luzia stutzte. War da etwa noch Geld ausstehend?

Sorgfältig las sie die Schuldscheine ein zweites Mal durch. Tatsächlich! Moretti hatte verschiedene Guthaben offen. Die Schuldner kannte Luzia allesamt.

Sie zählte die ausstehenden Beträge zusammen. So viel Geld!

Es war eine Summe, mit der sie leicht ein halbes Jahr hätte leben können. Ihr Blut geriet in Wallung. Hastig riss sie sich die fremden Kleider vom Leib und lief zu Rocco.

«Schau! Schau dir das an!» rief sie und hielt ihm die Zettel unter die Nase. «Wir sind reich, verstehst du? Wir sind reich!»

Aber er verstand nichts. Ums Geld hatten sich immer andere gekümmert. Doch Maura witterte Morgenluft.

«Du musst zu den Schuldnern gehen, das Geld eintreiben. Du bist der Mann», sagten die Frauen. «Es steht uns zu. Alles!»

Sie erstellten eine Liste, wer, wieviel, seit wann schuldig geblieben war. Schon morgen sollte Rocco den ersten Schuldner aufsuchen. Wie man so etwas macht und was man sagen soll, wusste er nicht. Aber gehen musste er.

Der erste Besuch, den er zu absolvieren hatte, galt dem Nachbarn von gegenüber. Nur seine Frau war zu Hause und tat so, als wüsste sie von nichts. Ja, sie wolle es ihrem Mann sagen. Ja, sie würde Bescheid geben, man sähe sich ja täglich.

Doch von diesem Tag an ging sie den Morettis aus dem Weg. Sie lauerte hinter vorgezogenen Vorhängen, bis die Luft rein war und eilte dann schnell einkaufen oder was sonst nötig war. Ansonsten blieb sie im Haus.

Luzia schickte Rocco ein zweites Mal. Doch er wollte warten, man habe ja gesagt, man gäbe Bescheid. Nach zwei Wochen wurde ein Nachfragen unvermeidlich.

«Was willst du, das ist eine alte Geschichte», sagte der Nachbar. «Ich habe längst zurückbezahlt.»

«Aber der Schuldschein…»

«Aldo wird vergessen haben, zu quittieren.»

«Aber Aldo war mit diesen Sachen sehr genau.»

«Werd mir nicht lästig. Wir sind doch gute Nachbarn. So soll es bleiben, oder etwa nicht?»

Rocco kam mit leeren Händen zurück. Die Frauen schäumten, aber machen konnten sie nichts.

Der nächste Schuldner, den er besuchen sollte, war verstorben. Seiner Witwe war die Sache nirgends recht.

«Ach, mein Mann, schrecklich...»

Sie bot Rocco Kaffee und Schnaps an und erzählte ihm ihre leidige Ehegeschichte. Geld war keines da. Aber der verschiedene Mann hatte einen Ledermantel besessen. Der Mantel hatte ein Fellfutter und war von guter Qualität. Auch eine Brille hatte der Verstorbene getragen, die jetzt herrenlos herumlag.

Als Rocco mit dem Mantel und der Brille zu Hause ankam, gefror die Stimmung. «So etwas Unnützes. Was sollen wir mit diesem unmöglichen Mantel? Und die Brille, widerlich. Das ist ja, als ob man die dritten Zähne eines Fremden tragen würde.»

Hätte er es zugelassen, wäre beides auf dem Müll gelandet. Er stopfte den Mantel in einen Sack und schob ihn unter sein Bett. Die Brille zog er an. Ihm war, als würde man eine Haut von seinen Augen schälen. Wenn er das gewusst hätte – was eine Brille alles vermag.

Vom nächsten Besuch brachte er Geld nach Hause. Ein Drittel der ausstehenden Summe war ihm ausgehändigt, der Rest auf später versprochen worden.

In der Trattoria Giorgione stiessen die Morettis auf ihr

Erbe an. Die Stimmung war ausgelassen, man wollte sich etwas Besonderes gönnen.

In der Vitrine, wo Fisch und Meeresfrüchte für die Gäste zur Auswahl bereit lagen, hatte es den Frauen ein Prachtexemplar von einem Hummer angetan. Rocco hätte Kalbsleber essen wollen. Als der Kellner die Bestellung aufnahm, stellte sich heraus, dass der Riesenhummer gut und gerne für drei Personen reichen würde. Sein Preis war dementsprechend. Rocco musste auf seine Kalbsleber verzichten und sich am Hummer beteiligen.

Die Diskussion über Hummer und Leber war so laut geführt worden, dass man sie bis in die Küche hatte hören können. Neugierig hatte die Köchin Roberta ihren Kopf in die Gaststube gesteckt, um sich die lauten Gäste anzuschauen. Zwischen zwei resoluten Frauen sass da ein kleiner schüchterner Mann, der sich nicht zu behaupten wusste.

Roberta warf den zappelnden Hummer ins brodelnde Wasser. Dann richtete sie einen kleinen Teller mit einem gerösteten Brötchen und einigen Stückchen kurz angebratener Leber her.

«Ein Gruss aus der Küche», sagte der Kellner, als er den Teller mit dem Crostini vor Rocco hinstellte. Die Frauen bekamen Stielaugen, aber sie kriegten keinen Bissen. Trotzdem, die Stimmung blieb übermütig, alle assen und tranken mehr als genug.

Am anderen Morgen musste Rocco mit brummendem Schädel den nächsten Schuldner aufsuchen. Er wäre froh gewesen, wenn die Kette der unangenehmen Besuche ein Ende gefunden hätte. Aber auf der Liste standen noch fünf Namen.

Der Mann, zu dem er nun ging, entpuppte sich als Vater eines seiner früheren Schulkameraden. Man bat ihn zu Tisch, bewirtete ihn von allen Seiten und die ganze Familie schwatzte auf ihn ein. Er musste erzählen, von seinem Beruf, von seiner Mutter, vom alten Moretti, von der Werkstatt, die ja nun ihm gehörte. Man beglückwünschte ihn, gratulierte ihm zu seiner Frau, rühmte seine früheren guten Schulnoten, sagte ihm eine erfolgreiche Zukunft voraus und schmierte ihm sonst noch allerlei Butter um den Mund. Er wusste nicht, wie ihm geschah und fand sich in der Geldangelegenheit unverrichteter Dinge wieder auf der Strasse.

Das nächste Ziel war ein Herr aus vornehmem Haus. Aldo Moretti hatte dort vor längerer Zeit einen schönen Holzboden verlegt, das Geld dafür aber nie erhalten. Als Rocco kam, kam er gerade recht. Am Geschirrschrank klemmte die Tür. Das Kopfteil des Ehebettes hatte sich vom Rahmen gelöst. Im Keller fehlte ein frei schwingendes Tablar für Lebensmittel, um diese vor den gefrässigen Ratten zu schützen. Rocco war den ganzen Tag beschäftigt. Am Abend wurde er mit wortreichem Dank entlassen.

«Du bist wirklich ein Trottel. Nein, wie kann man nur so dumm sein. Es ist nicht zu fassen ...» schimpften seine Frauen und überhäuften ihn mit Vorwürfen. Endlich erwiderte er: «Ich gehe nicht mehr.» Und dabei blieb es. Das Geld konnte ihm gestohlen bleiben.

Fünfzehn

Die Arbeit lief Rocco flott von der Hand. Was er damit verdiente, war nicht übermässig, aber für seine Ansprüche reichte es. Die Frauen waren da anderer Meinung.

Luzia fand, ihre Wohnung sei zu gross für sie alleine, die Jungen könnten zu ihr ziehen. Man hätte so mehr Geld für anderes übrig. Sie überliess den beiden das grosse Elternschlafzimmer und richtete sich im kleinen Raum neben der Küche ein.

Maura und Rocco waren es gewohnt, beim Einschlafen beieinander zu liegen. Verliebt waren sie nicht, aber der Deckel passte auf die Pfanne.

Tagsüber musste Rocco von seiner Frau einiges an Kritik einstecken. Doch da sie fast ununterbrochen schwatzte, gingen die Vorwürfe im Schwall der vielen Worte unter und verloren an Bedeutung und Schärfe. So stand den beiden nachts der tägliche Missmut nicht im Weg. Die körperliche Liebe glättete die Wogen und sorgte für einen friedlichen Schlaf. Der neue Tag begann wieder mit reinem Tisch.

In der Wohnung der Mutter nun war die Sache nicht mehr selbstverständlich. Rocco empfand im neuen Schlafzimmer die Gegenwart seiner früheren Bewohner. Er fühlte sich beobachtet. Die Zimmerwände waren dünn, die Wohnung hellhörig. Die Geräusche, welche die Liebe unweigerlich von sich gibt, verstärkten sich in seinen Ohren und er fühlte sich blossgestellt und schämte sich. Er hörte seinerseits jedes Husten der Mutter und wurde wach, wenn sie nachts auf die Toilette ging.

Immer öfter stieg er, bevor er zu Bett ging, nochmals in die Werkstatt hinunter, weil er, wie er sagte, noch etwas Wichtiges zu erledigen hätte. Am liebsten wäre er gleich die ganze Nacht unten geblieben und hätte sich wie früher in der Kammer neben der Werkstatt schlafen gelegt. Aber für einen verheirateten Mann ziemte sich das nicht. Wenn er sich dann endlich leise ins Schlafzimmer schlich, schlief seine Frau meist schon. Das war ihm recht.

Sein Rückzug tat ihrer Beziehung nicht gut. Keine nächtliche Versöhnung fand mehr statt. Streit reihte sich an Streit ohne Verschnaufpause.

Luzia besorgte die ganze Hausarbeit, da Maura ja immer noch in Stellung war. Einige Male hatte sie versucht, ihre Schwiegertochter zum Aufgeben dieser Stelle zu bewegen, so etwas schicke sich nicht für eine verheiratete Frau. Doch Maura wollte nicht. Sie faselte etwas über die Wichtigkeit von eigenem Geld und über den Sohn des Herrenhauses.

Luzia bekam grosse Ohren. Sobald sich Gelegenheit bot, nahm sie Rocco beiseite und sagte: «Maura hat ein Verhältnis.»

«Und?»

«Ein Verhältnis, verstehst du? Ich bin mir sicher. Mit dem Sohn da wo sie arbeitet. Wehr dich!»

«Wehren?»

Er erhob keinen Anspruch. Er war nicht Mauras erster und nicht ihr einziger Geliebter. Das war seit je her so gewesen und es störte ihn nicht. Im Grunde genommen war er erleichtert, dass sie nicht nur auf ihn fixiert war. Es gab ihm Freiheit. Nicht dass er Frauengeschichten gehabt hätte. Nein, so etwas suchte er nicht. Aber seine Gedanken trugen ihn oft weit weg von der Welt seiner Frau. Diesen Träumen hing er ohne Schuldgefühle nach. Seine Frau machte ja auch, was ihr passte. Liebe, die ihn hätte eifersüchtig machen können, hatte mit Maura nichts zu tun. Diese Liebe zog früher einmal wie ein kostbarer Schleier an ihm vorüber, ohne dass sie hängen geblieben war.

Luzia konnte es nicht fassen. Ihr Sohn – zu allem Übel noch ein Schlappschwanz. Sie platzte beinahe vor Wut. Doch wo Luft ablassen? Maura konnte in dieser Sache ja schlecht das Ventil sein.

Beim Nachtessen war dicke Luft. Luzia schob die Schüsseln grob auf dem Tisch herum und scharrte mit den Füssen auf dem Boden. Unvermittelt liess sie ihr Besteck in den noch halb vollen Teller fallen, schnellte hoch, sodass der Stuhl nach hinten flog, riss die Bänder ihrer Schürze auf, schleuderte sie ins Waschbecken und verliess die Küche. Unten fiel die Haustüre mit einem Knall ins Schloss.

«Was ist los?» fragte Maura.

«Ich glaube, sie ist wütend auf mich.»

«Weshalb?»

«Sie sagt, du hast ein Verhältnis.»

«Wie bitte? – Was geht die das an? – Die soll sich gefälligst um ihren eigenen Kram kümmern!»

Maura stand wütend auf, sodass auch ihr Stuhl nach hinten flog.

«Das hat mir gerade noch gefehlt.»

«Reg dich doch nicht auf, Maura. Sie ist wütend auf mich.»

«Was hat das mit dir zu tun?»

«Ich bin dein Mann.»

«Ach, mein Mann?!» höhnte sie. «Du hast ja keine Ahnung!»

«Immerhin sind wir verheiratet.»

«Ja, leider! Ich sag dir nur eins: Mach mir keine Vorschriften!»

Jetzt stand auch Rocco auf. Sein Stuhl blieb stehen. Er ging auf Maura zu und wollte sie an den Schultern fassen. «Beruhige dich doch. Ich mache dir ja gar keine Vorschriften.»

«Rühr mich nicht an!» schrie sie und stiess ihn heftig von sich. «Du bist eine taube Nuss, ein hohles Ei. Du bist ein Blindgänger! Ich hab es satt! So satt!»

Sie riss die Bänder ihrer Schürze auf, schleuderte sie ins Waschbecken und verliess die Küche. Unten fiel die Haustüre mit einem Knall ins Schloss.

Da stand er nun, umgeben von schmutzigem Kochgeschirr und Besteck, von halbvollen Schüsseln und Tellern, von angebissenem Brot, von Gläsern, in denen der Wein warm wurde, von feuchten Schürzen und umgeworfenen Stühlen.

Er öffnete das Fenster und liess frische Luft herein.

Dann begann er aufzuräumen. Die Speisereste schüttete er alle zusammen in die grösste Schüssel. Die Stühle hob er auf und schob sie unter den Tisch. Die Schürzen legte er übers Fensterbrett. Er wusch das Geschirr, die Pfannen, das Besteck und die Gläser. Er trocknete alles ab, das Tuch wurde nass und er legte es zu den Schürzen.

Zum Versorgen all der Ware brauchte er einige Zeit. In der Küche hatte er für gewöhnlich nichts zu suchen. Er musste alle Schubladen und Kastentüren öffnen, bis er die Stellen endlich fand, von denen er glaubte, dass die Dinge ihren Platz hatten.

Im Putzschrank fand er einen Eimer mit Lappen und Bürste. Auf den Knien rutschend fegte er den Boden und wusch mit dem Lappen nach. Das Putzwasser wurde trüb und Rocco fand, die Arbeit habe sich gelohnt.

Dann ging er aus dem Haus. Die Blumenverkäuferin um die Ecke wollte gerade ihren Laden dicht machen. Rocco war ihr letzter Kunde. Er kaufte Gladiolen mit langen Stielen, rote, weisse und lilafarbene. Er hatte noch nie Blumen gekauft. Die Verkäuferin wickelte sie in Zeitungspapier.

Auf dem nach Hause Weg kam er an der Trattoria Giorgione vorbei. Auf dem Sims des Küchenfensters standen einige Schälchen mit Panna cotta zum Auskühlen. Rocco konnte nicht widerstehen und steckte einen seiner Finger in die glänzend weisse Masse.

«He, nimm gefälligst deine Dreckpfoten weg.» Robertas Kopf erschien im Fenster.

«Ah, du bist es – Hummer gefällig?»

Rocco schüttelte den Kopf und grinste. «Was kostet die Panna cotta?» Er zog seine Geldbörse aus der Hosentasche.

«Nichts – weil du es bist. Aber wenn schon, denn schon ... Iss gefälligst das ganze Töpfchen leer. Das kann man ja niemandem mehr auftischen», sagte sie und reichte ihm einen Löffel. Die Panna cotta schmeckte vorzüglich.

«Schöne Blumen. ... Hat deine Frau Geburtstag?»

«Wir hatten Streit. Da, nimm auch eine», sagte er und zog eine Gladiole aus dem Zeitungspapier.

«Grazie. Lass dich wieder einmal blicken.»

Zu Hause suchte Rocco nach einer Vase. Die Wohnung war überstellt mit Mauras Kitsch, den zu sammeln ihr noch immer eine grosse Leidenschaft war. Doch unter all diesem Krimskrams fand sich keine Vase, in welche die Gladiolen gepasst hätten. Deshalb nahm Rocco den Putzeimer, füllte ihn mit Wasser, stellte ihn auf den Wohnzimmertisch und die Blumen in den Eimer. Die Zeitung glättete er über seinem Knie, setzte sich hin und las.

Maura kam zurück. Um sich für ihren Ärger zu entschädigen, hatte sie sich Mandelgebäck gekauft. Ihre Gefühle hatten wenig Tiefgang. Heftige Zornausbrüche waren für gewöhnlich nicht ihre Sache. Sie nörgelte an der Oberfläche, dafür mit zäher Trägheit. Dass sie nach dem Streit von vorhin die Wohnung mit so viel Wut verlassen hatte, war eher Luzias Vorbild zuzuschreiben als ihrem eigenen Temperament.

Mit klebrigen Fingern und einem klebrigen Mund kam sie nach Hause. Als sie in die aufgeräumte Küche trat, zog sich ihr Mund in die Breite und sie nickte beifällig. Dann sah sie die Blumen auf dem Wohnzimmertisch und ihre Mundwinkel hoben sich. Und als sie schliesslich Rocco die Zeitung lesen sah, fuhr sie ihm mit ihren klebrigen Fingern durchs Haar.

«Rocco mit den blonden Locken», lachte sie und schob ihm ein Amaretti in den Mund. Sie setzte sich ihm gegenüber und die Schachtel mit dem Gebäck war bald leer gegessen. Seit langem legten sich die beiden wieder einmal zusammen. Der Zucker in ihren Mündern machte die Küsse süss.

Luzia kam sehr viel später nach Hause. Maura und Rocco schliefen schon und hörten sie nicht. Ohne Licht zu machen tappte sie in ihr Zimmer und legte sich aufs Bett. Sie starrte in die Dunkelheit und konnte den Aufruhr in ihrem Inneren nicht besänftigen. Wehmütig dachte sie an ihren ersten Liebhaber, an seine gewinnende Art. Ach, was war er für ein Mann von Welt, welch vornehmer Herr gewesen. Sein Lächeln, seine sanfte Stimme, sein Geruch, alles hatte sie betört.

Das Kind, welches ihr von dieser Liebschaft geblieben war, trug dieses Erbe in sich.

Doch wie kümmerlich war Rocco. Seine Empfindsamkeit deutete sie als Schwäche, seine unbeholfene Art als Blödheit. In Luzias Augen war er ein Versager.

Sechzehn

Luzia wurde wortkarg und hörte auf zu sagen, was ihr nicht passte. Ihre Verbitterung schrieb sich in ihr Gesicht. Wie zwei Ausrufezeichen gruben sich tiefe Furchen zwischen ihre Augenbrauen. Von den Nasenflügeln liefen Falten zu den Mundwinkeln hinunter und machten ihr Gesicht böse und hässlich. Sie magerte ab. Mit verbissenem Mund verschanzte sie sich hinter ihrer Nähmaschine und nähte an ihrer Heimarbeit. Die Maschine ratterte pausenlos und spuckte unausgesprochene Vorwürfe aus, welche sich wie Schaben in der Wohnung einnisteten, die man hinter jedem Gestell, unter jeder Truhe, in jedem Schrank vermutet und denen man nicht habhaft werden kann.

Rocco war es mit den Gladiolen leicht gefallen, Maura wieder gut zu stimmen. Oft kam ihm der Gedanke, mit ihr wieder eine eigene Wohnung zu nehmen. Von seinen Kunden hörte er da und dort von leer stehenden Wohnungen. Jedes Mal jedoch, bevor er den Mietvertrag unterschreiben sollte, fand er Ausflüchte und zog sich zurück. Befreit kam er dann abends nach Hause, als hätte er ein grosses Unrecht abgewendet. Immer wenn er versuchte, sich seiner Mutter zu entziehen, fühlte er sich schuldig. Er konnte ihr nichts geben, weder Erfolg, noch Reichtum, noch Ansehen und keine Liebe. Das Bild der Mutter vermischte sich mit demjenigen der Madonna in der Kirche und er fühlte sich schuldig, dass er sie bestohlen hatte. Nichts war gut zu machen.

Die gladiolenfreudige Versöhnung mit Maura dauerte nur kurz. Der Alltag holte beide rasch wieder ein. Die Sache mit ihrem Liebhaber war nun ja kein Geheimnis mehr und so scheute sie sich nicht, ihren Mann lauthals mit diesem zu vergleichen. Natürlich zog Rocco in allen Belangen den Kürzeren.

Rocco flüchtete sich in seine Werkstatt. Hier konnte er aufatmen. Er hatte einen Tisch in Arbeit, ein Kunstwerk sollte es werden. Es war ein Spieltisch für Karten- und Schachspiele, den er für sich selber herstellte, obwohl er gar kein Spieler war.

Der Tisch hatte zwei Tischblätter. Auf dem oberen Blatt war ein Schachbrett eingelassen. Ein reich verziertes Band aus Holz in allen Schattierungen umrahmte das Spielfeld. Darauf waren Bären, Zebras, Hirsche und Pinguine dargestellt, alles Tiere, die Rocco nur vom Hören sagen kannte. Dieses Blatt war über die Diagonalen in vier Dreiecke geteilt. Die Aussenkanten der Dreiecke waren mit Scharnieren ans untere Blatt befestigt, man konnte sie nach aussen aufklappen. Der Tisch war nun doppelt so gross und gab sein zweites Tischblatt frei.

Auch dieses Blatt war reich verziert. Eine Schar Kinder hielt sich an den Händen und tanzte im Kreis herum. Mit grosser Hingabe schnitzte Rocco all die lachenden Gesichter und vergass dabei sein Unglück. Zwischendurch putzte er seine Brille und freute sich über das prächtige Möbel.

Neben seinen Schuldgefühlen war es dieser Tisch, der ihn immer wieder nach Hause zurückholte.

Rocco sitzt auf seiner Bank beim Dogenpalast. Die Sonnenstrahlen fallen schräg unter die Arkaden. Viele Dinge, die ihn früher so sehr bedrängt hatten, ziehen wie Vögel an ihm vorüber. Die Vögel bauen ihre Nester nicht mehr in seinem Kopf. Einzig der Gedanke an die Madonna und ihr Kind quält ihn noch immer. Er hat den Raub nie zugegeben und nie wieder gut gemacht.

Viele Menschen gehen an seiner Bank vorbei, Frauen, Männer, Kinder, eine grosse Schar. Er stellt sich vor, dass jeder dieser Menschen ein Glied der silbernen Kette sei, die er einst gestohlen und ins Meer geworfen hat. Er fügt die einzelnen Glieder zusammen. Es gibt eine lange, eine schöne Kette. An der Kette hängt ein Kruzifix, besetzt mit Edelsteinen. Die kleinen Kinder, die von ihren Eltern vorbeigetragen werden, sind in seiner Einbildung diese Edelsteine. Die Buben sind die Saphire, die Mädchen die Rubine. Das Kruzifix glänzt und glitzert.

Siebzehn

Es war an einem trüben, nebligen Morgen. Rocco stand in seiner Werkstatt an der Hobelmaschine. Sie frass ihm das eingeführte Brett unter der Hand weg und spie Hobelspäne und Sägemehl aus. Da klopfte es.

Vor der Türe stand ein breitschultriger Mann und grinste: «Ciao amigo. Kennst du mich noch?»

«– Claudio?»

«Ganz richtig, Claudio!»

Der kräftige Mann, der da vor Rocco stand, erinnerte ihn an den Buben mit dem Stiernacken, mit dem er zur Schule gegangen war. Damals war dieser Knabe häufig in Schlägereien verwickelt gewesen. Claudio hatte schon als Kind ein geschliffenes, freches Mundwerk. Wo immer er auftauchte, war er sogleich der Mittelpunkt. Er war beliebt und gefürchtet. Auch Rocco hatte einiges von ihm abbekommen, ihn aber heimlich für seine Unerschrockenheit bewundert. Seit Jahren hatte Rocco ihn aus den Augen verloren. Es hiess, Claudio habe die Stadt verlassen.

Nun stand er da, grinste übers ganze Gesicht und fragte nach Arbeit. Rocco hatte viel zu tun und war nicht abgeneigt, einen Gehilfen einzustellen. Claudio war zwar, wie er sagte, kein Schreiner, dafür aber ein alter Freund, dem man nichts abschlagen könne. Er zwinkerte mit den Augen, lachte einnehmend und versetzte Rocco einen freundschaftlichen Stoss in die Rippen. Er versicherte, dass er voll guten Willens sei und überall erfolgreich.

Claudio war gut gebaut. Die Hemdsärmel spannten sich über die kräftigen Muskeln seiner Oberarme. Sein dichtes Haar glänzte. Wenn er lachte, füllte sich die ganze Werkstatt mit vollem Ton und seine weissen Zähne blitzten unter dem gepflegten Schnurrbart hervor. Er war einen Kopf grösser als Rocco. Dieser nahm ihn mit zur Arbeit. Claudio sah sofort, was fehlte und wie der Schaden am besten zu beheben sei. Rocco arbeitete, Claudio hielt ihm unaufgefordert die Werkzeuge hin, meist zwar die falschen, dennoch war die Arbeit zu zweit schneller getan.

Am Mittag packte Rocco seine mitgebrachten Brote aus. Claudio griff kräftig zu. Er schwatzte von früher, lachte über die Lehrer und ihre dummen Fragen und beide waren vergnügt.

Nach dem Essen fehlten Espresso und Grappa. Claudio schleppte Rocco in eine Bar. Die Bar lag neben der Trattoria Giorgione. Eben als Rocco mit seinem neuen Gehilfen im Begriff war, in die Bar einzuschwenken, streckte Roberta den Kopf zur Küchentür heraus. Seit er ihr eine Gladiole geschenkt hatte, kam es ab und zu einmal vor, dass er abends nach der Arbeit bei ihr einen Espresso trank. Tagsüber allerdings war er noch nie bei ihr stehen geblieben und in eine Bar hatte sie ihn überhaupt noch nie gehen sehen.

«Ei, ei, ei, neue Sitten! – Bravo!» rief sie über die Gasse. Rocco winkte und grinste.

Nach einer guten Stunde verliessen die Männer die Bar mit wohlig warmem Blut. Beim Vorbeigehen warf Rocco einen Kieselstein in Robertas Küche. Der Kiesel landete in der Vanillecrème und Roberta fischte ihn heraus. Sie lachte und leckte die gelbe Sauce von ihren Fingern.

«Gar nicht übel, deine Madonna. Da ist was dran. Und ihre Strümpfe – oho!» sagte Claudio und pfiff durch die Zähne.

«Ja, ich weiss. Sie trägt immer solche Netzstrümpfe. Sie hat alle Farben.»

«Aha – bestens informiert. Modello Lola oder was. Wie ist sie so, deine Taube?»

«Was meinst du?»

«Ja was meine ich wohl? – Poveretto – Was meine ich wohl?» Claudio lachte schallend und schlug Rocco auf die Schultern, dass er beinahe hinfiel.

Fröhlich beschwipst nahmen die beiden die zweite Tageshälfte in Angriff, mit viel Schwung und etwas grob, aber die Sache lief wie geschmiert.

Am Abend verlangte Claudio seinen Lohn. Rocco war überrascht, musste im Kästchen kramen, das noch wie zu Aldos Zeiten die Kostbarkeiten enthielt und reichte Claudio das Gewünschte.

«Dann also auf morgen.»

Als Rocco seinen Frauen vom neuen Gehilfen erzählte, der zwar nicht Schreiner, dafür aber ein alter Schulkamerad und netter Kerl sei, verfinsterte sich Mutters Gesicht. Maura aber wurde neugierig. Gesellschaft war ihr immer lieb. Sie kam am nächsten Morgen mit in die Werkstatt hinunter und begrüsste Claudio so, als wäre sie mit ihm zur Schule gegangen.

«Ciao Maura. Kompliment Rocco. Nicht schlecht, deine Hälfte.» Alle drei lachten.

Rocco und Claudio waren von nun an immer zu zweit unterwegs. Rocco fand zwar, man solle sich die Arbeit aufteilen, jeder bei einem anderen Kunden. Aber Claudio versicherte ihm, zu zweit am selben Ort zu arbeiten, beschleunige die Sache ungemein. So seien die Aufträge am aller schnellsten erledigt. Seine Ansicht der Dinge setzte sich durch.

Und tatsächlich. Mit Claudio ging alles zügig, obwohl er gar nicht gross Hand anlegte. Vielleicht lag es daran, dass er mit dem Resultat von Roccos Arbeit schnell zufrieden war, viel schneller, als dieser das vorher je gewesen wäre. Claudio sah grosszügig über kleine Ungenauigkeiten hinweg. Wenn etwas klemmte, versetzte er dem Ding mit der Faust einen kräftigen Schlag. Wenn etwas schief stand, hieb er mit dem Absatz daran, sodass es ins Lot kam. Wenn die Hausfrau die Arbeit prüfen wollte, umgarnte er sie mit schönen Worten und die beiden Handwerker waren aus dem Haus, bevor die gute Frau sich umdrehen konnte.

Zahlen mussten die Kunden von nun an auf dem Platz. Von Rechnungen schreiben hielt Claudio nichts. Er nahm das Geld in Empfang und führte Buch, wie er sagte. Das sei seine grosse Stärke, darin sei er ausgebildet.

Unweigerlich landete das Duo in der Bar, trank einen für den Durst und einen darüber. Rocco warf einen Kieselstein in Robertas Küchenfenster und sie lachte.

Am Abend nahm sich Claudio seinen Lohn und legte den Rest in die Büchse ins Kästchen.

«Dann also auf morgen.»

Maura hatte plötzlich auffallend oft in der Werkstatt zu tun. Sie war am Sortieren der Nägel, wischte Sägemehl zusammen oder wusch die Pinsel aus, wenn die Männer von der Arbeit kamen. Rocco freute sich über den ungewohnten Einsatz seiner Frau und war erstaunt, wie viel Wert sie neuerdings wieder auf ihr Äusseres legte. Die schillernden Stoffe und der billige Schmuck, ihre frühere Leidenschaft, hatten nur noch unbenutzt herumgelegen. Sie war schlampig und ungepflegt geworden. Ihr Mann und ihre Schwiegermutter waren es ihr seit geraumer Zeit nicht mehr wert gewesen, sich zurechtzumachen. Jetzt aber peilte sie Neuland an. Beinahe jeden Tag wurde ein neues Fähnchen aufgezogen.

Auch buk sie Kuchen auf Teufel komm raus. Zufällig blieb immer ein Rest übrig und Claudio wurde damit bedient.

«Komm doch mit rauf. Wir haben noch einen Schluck Wein und Salami ist auch da», sagte sie eines Abends. Er liess sich nicht zwei Mal bitten. Als die drei zur Türe herein kamen, verschwand die Mutter wie ein Schatten in ihrem Zimmer.

Es wurde ein fröhlicher Abend, der sich bis in die Nacht hineinzog. Rocco trug zwar wenig zur Unterhaltung bei, aber die Stimmung war so ausgelassen wie seit Jahren nicht mehr und er wurde eingewickelt in die allgemeine Fröhlichkeit.

Die nächtlichen Gelage folgten sich nun in schöner

Regelmässigkeit. Manchmal sorgte sich Rocco um die Kosten. Der Wein floss in Strömen, das Licht brannte fast die ganze Nacht in allen Lampen und Mauras Ausgaben für Kleider und Schmuck wuchsen beängstigend. Am Morgen vor der Arbeit versuchte er einige Male mit ihr zu reden, ein vernünftiges Wort, wie er meinte. Sie lag noch mit brummendem Schädel im Bett und gab meist gar keine Antwort. Kam doch ein Ton heraus, so war er gehässig:

«Du geiziger Kleinkrämer. Claudio versteht es zu leben. Von ihm kannst du nur lernen.»

«Aber das Geld, du gibst zu viel aus.»

«Mach mir keine Vorschriften. Es ist mein Geld. Nun geh schon!»

Und er ging, oben weg von seiner mürrischen Frau, mit der nicht zu reden war und unten hin zu seinem grossmäuligen Angestellten, der sagte, wie der Karren laufen solle.

Maura blieb häufig den halben Morgen im Bett liegen, weil die nächtliche Zecherei ihr wie Blei in den Gliedern lag. So kam sie oft zu spät zu ihrer Arbeit, so oft, dass sie ihre Stellung verlor. Das war ihr sehr willkommen. Die Arbeit war ihr lästig geworden, sie hatte sie nur behalten, um in der Nähe ihres Liebhabers sein zu können. Aber mit Claudio war nun ja für Ersatz gesorgt.

Luzia, die Maura früher immer wieder gedrängt hatte, ihre Stellung aufzugeben, war jetzt, da es so weit war, wieder nicht zufrieden. Sie sah die Verluderung des Haushalts, hasste alles, was in der Wohnung lief, aber sie war ohne Einfluss. Früher liess sich Rocco durch ihre Vorwürfe auf Trab halten. Jetzt aber entglitt er ihr wie ein glitschiger Fisch. Er hatte anderes zu tun, an anderen Orten zu wehren.

Kunden kamen vorbei und reklamierten. Das Gestell stände schon wieder schief, die Schublade klemme und liesse sich seit der Reparatur überhaupt nicht mehr öffnen, der Tisch wackle heftiger denn je, kürzlich sei ein Kind nur leicht daran gestossen, der Tisch sei zur Seite gekippt, in die Standuhr, ein Erbstück, die Uhr sei zerbrochen, man fordere Schadenersatz. Nach Feierabend musste sich Rocco nochmals auf den Weg machen, um all die Schäden auszubessern. Natürlich ohne Lohn.

Claudio sass derweil mit Maura oben und liess es sich wohl ergehen. Wenn Rocco spät abends in die Wohnung zurückkam, schlug ihm ein widerlicher Geruch nach Alkohol und Zigarettenrauch entgegen. Er schimpfte mit einer für ihn ungewohnten Heftigkeit. Wortreiches Reden war noch nie seine Stärke gewesen, die Vorwürfe arteten in bedrohliches Knurren aus: «Weg! Weg!» stiess er hervor und fuchtelte wild mit den Händen. Claudio und Maura lachten ihn aus.

«Oh, der Hund schlägt um sich. Komm her, schön brav sein – Sitz. Platz. – Da, für den lieben Köter auch ein Gläschen.»

Sie zogen ihn zwischen sich auf das Sofa und schenkten ihm Schnaps ein. Heftig wehrte er ab und machte sich frei. Der Schnaps verspritzte seine Brille, lief über seine Hose, seine Schuhe und auf den Boden. Mit einem Knall warf er die Schlafzimmertür ins Schloss. Er schnaubte und lärmte wie ein gefangenes, wild gewordenes Tier.

Draussen tranken sich Maura und Claudio mit glänzenden Gesichtern zu. Stunden später wankte Maura ins Bett und Claudio aus dem Haus.

Am anderen Morgen traf er erstaunlicher Weise wieder zeitig in der Werkstatt ein. Sein Körper ertrug das nächtliche Überborden ohne sichtbare Spuren. Nur ein abstossender Geruch nach Alkohol verriet die zügellose Sauferei. Rocco nahm sich jeden Tag von neuem vor, ihn vor die Türe zu stellen. Aber Claudio wedelte emsig um ihn herum, bis sich beide auf dem Weg zur Arbeit befanden, ohne dass Rocco seine Absicht hätte wahr machen können.

Die Schreinerei Moretti geriet in Verruf. Es sprach sich herum, dass die Qualität merklich nachgelassen hatte. Neue Aufträge kamen nur noch spärlich herein. Rocco war es gewohnt, seiner Mutter zu Wochenbeginn das Geld für die Einkäufe hinzulegen. Eines Montags, als er in die Büchse griff, war sie leer.

«Das Geld, wo ist das Geld?» fragte er Claudio.

«Tut mir leid, wir hatten keine Einkünfte.»

«Aber da war doch noch ein ordentlicher Betrag.»

«Und mein Lohn? Glaubst du, ich arbeite gratis?»

Rocco war wie vor den Kopf gestossen. Er hatte seine Einkünfte noch nie nachgezählt. Dennoch hatte es bis jetzt immer gereicht. Plötzlich war kein Geld mehr da.

«Lass mich nur machen. Ich habe Erfahrung», sagte Claudio.

«Was meinst du?»

«Wart's ab. Auf mich kannst du dich vollkommen verlassen», prahlte er grossspurig.

An diesem Morgen mussten sie eine Eckbank liefern. Die Küche des Kunden war ausgeräumt worden, damit die Bank montiert werden konnte. Im Flur standen die Stühle und der Küchentisch mit halb geöffneter Schublade, darin lag eine Geldbörse. Rocco schraubte die Bank an die Wand, Claudio schlich wie eine Katze im Flur herum.

«Ich hab's. Mach schnell!» Er hielt Rocco die Börse unter die Nase.

«Leg das zurück», zischte Rocco. Doch in diesem Moment kam das Dienstmädchen herein und bot den beiden Kaffee an. Claudio schwänzelte um sie herum und liess ihr unbemerkt die leere Börse in die Schürzentasche gleiten. Das Geld hatte er mit flinken Fingern eingesteckt.

Auf dem Weg zurück in die Werkstatt machte Rocco ihm Vorwürfe: «Ist das deine Erfahrung – stehlen?»

Das Wort noch im Munde, zuckte Rocco zusammen. Das Bild der Madonna mit ihrem Kind fuhr ihm wie ein Blitz in den Schädel. Er verstummte. Claudio aber begann genüsslich von all seinen Abenteuern zu erzählen, von der Dummheit der Leute, von seinem Geschick und seiner Raffinesse, von seiner guten Nase für günstige Gelegenheiten und vom bequemen Leben, welches er sich dank seiner Begabung immer hatte gönnen können. Dass diese Begabung ihm manche fristlose Kündigung und auch zwei Besuche im Gefängnis eingetragen hatte, erwähnte er nicht.

«Hier, gib deiner Mutter, was sie braucht», sagte er und reichte Rocco das Geld.

Wie man später hörte, gab es einen grossen Wirbel um

den Dicbstahl. Das Dienstmädchen wurde mit Schimpf und Schande weggeschickt.

Die beiden Männer sprachen nicht mehr darüber. Aber wenn sich Rocco in nächster Zeit über irgend etwas beschweren wollte, griff ihm Claudio ganz sanft an die Gurgel: «Schön brav sein. Du weißt schon, mitgegangen – mitgehangen...»

Achtzehn

Luzia verstummte. Sie ging allen aus dem Weg, verliess das Haus nicht mehr und erschien auch nicht mehr zu den Mahlzeiten. Wenn Rocco abends nach Hause kam, ging er in ihr Zimmer. Sie sass auf ihrem Bett und starrte die Wand an. Auf seine Worte reagierte sie nicht. Er stellte ihr Tee und Brot hin. Sie nahm rapide ab und hielt sich kaum mehr aufrecht. Er pflegte sie so gut es ging. Maura kümmerte sich nicht um die Schwiegermutter. Mehrmals versuchte Rocco seine Mutter zu überreden, ins Krankenhaus zu gehen. Aber sie schüttelte nur entschieden den Kopf.

Als er eines Abends nach Hause kam, fand er die Wohnung in einem wüsten Zustand. Claudio und Maura lagen in Unterwäsche schnarchend auf dem Sofa. Ihre Kleider und Schuhe waren auf dem Fussboden verstreut. Das Essen war nicht abgeräumt. Schnaps tropfte aus einer umgekippten Flasche. Jemand hatte versucht, die Vorhänge in Brand zu stecken. Auf dem Boden unter den Vorhängen lag die Schublade aus dem Wohnzimmerbuffet, in der die Morettis ihre Schriften aufbewahrten. Die Schriften waren angezündet worden. Das Feuer mottete noch. Es hatte den Saum der Vorhänge ergriffen, diesen eingeschwärzt, das Tuch jedoch nicht entzündet. Hastig lief Rocco hin und zertrat die Glut. Dann packte er Claudio am Kragen. Dieser fiel wie ein Sack auf den Boden und schlug sich dabei die Lippen blutig. Schwankend stand er auf und taumelte auf Rocco zu.

«Lass mich in Ruhe – du … du Hund», lallte er.

Rocco stiess ihn von sich: «Wer hat hier Feuer gelegt?»

«Feuer gelegt?» grölte Claudio. «Maura, haben wir Feuer gelegt? – He du, dein Alter fragt dich etwas.» Er packte sie unter den Arme und stellte sie wie eine schlaffe Puppe auf die Füsse.

«Was? Feuer? Spinnst du?»

Rocco packte sie am Nacken und stiess sie zum Fenster. Dort drückte er ihren Kopf in die rauchende Schublade.

«Hier, du Luder!»

Maura schrie und wollte sich frei machen, aber Roccos kräftiger Griff sass wie ein Schraubstock. Sie verlor das Gleichgewicht und stürzte schreiend gegen die Wand. Er versetzte dem fetten Gesäss einen Tritt.

Da packte ihn Claudio von hinten. Mit seinem Unterarm quetschte er Roccos Hals zusammen. In der freien Hand hielt er ein Messer, mit dem er zuzustechen drohte. Rocco war flinker und nicht besoffen. Es gelang ihm, sich aus der Fessel zu winden. Mit aller Kraft trat er Claudio zwischen die Beine. Dieser jaulte auf und krümmte sich vor Schmerz. Rocco packte ihn an den Schultern und schleuderte ihn rückwärts, dass er krachend im Sofa landete. Das Messer fiel zu Boden. Rocco schnappte danach. Blind vor Wut stiess er zu.

«Hier hast du, du Sau!» schrie er. Das Messer durchbohrte Claudios Hand, welche er schützend vors Gesicht gehalten hatte. Blut spritzte nach allen Seiten. Claudio brüllte, als ob er geschlachtet würde und riss das Messer aus der Wunde. Er versetzte Rocco einen Tritt, dass dieser quer durchs Zimmer flog und gegen die Küchentür knallte. Die Türe schnappte auf.

Augenblicklich füllte Gasgeruch die Stube. Rocco sprang auf die Füsse, stürzte in die Küche, drehte den Gashahn zu und riss das Fenster auf. Am Küchentisch sass seine Mutter, ihr Oberkörper hing schlaff über den Tisch. Sie hatte den Kopf zur Seite gedreht, der Mund und die Augen waren aufgerissen. Neben ihr lag eine Schachtel Zündhölzer. Rocco packte seine Mutter und schleifte sie in die Stube.

«Helft!» schrie er. Sie legten die Frau aufs Sofa. Rocco rannte weg, um einen Arzt zu holen. Der Arzt konnte nicht mehr helfen. Luzia Moretti war tot.

Der Arzt stellte einen Totenschein aus und sagte, er sei verpflichtet, die Polizei zu benachrichtigen. Jeder Selbstmord müsse gemeldet werden. Dann verband er Claudios Hand. «Eine böse Verletzung», meinte er. «Eine Sehne ist zerschnitten. Sie müssen ins Krankenhaus.» Er nahm Claudio mit.

Kurze Zeit später erschien die Polizei. Rocco hatte in der Zwischenzeit versucht, die Wohnung wieder einigermassen in Ordnung zu bringen. Sein emsiges Aufräumen machte die Polizisten stutzig.

«Halt! Nichts anfassen!»

Die Carabinieri durchsuchten alles. Sie sahen die verkohlten Schriften in der versengten Schublade, das blutige Messer und überall Blutspuren. In der Küche fanden sie eine Unmenge leerer Flaschen und die Zündhölzer. Im Schlafzimmer wühlten sie in Mauras billigem Schmuck herum und zogen den Sack mit dem Ledermantel unter Roccos Bett hervor. Sie fotografierten die Leiche, die Küche und auch die anderen Zimmer. Dann legten sie die Tote auf eine Bahre, deckten sie zu und trugen sie weg. Ebenfalls nahmen sie alles mit, was später als Beweisstück würde dienen können.

Nachdem die Polizei gegangen war, verzog sich Maura ins Schlafzimmer und drehte den Schlüssel.

Rocco stand in der Stube. Nichts war mehr an seinem Platz. Die Mutter war tot, sein Haus verdorben, die Schriften verbrannt. Er bückte sich, hob ein Sofakissen auf und legte es so hin, dass die besudelte Seite nach unten zu liegen kam. Um sich zu beruhigen, fuhr er fort, die Wohnung aufzuräumen. Die grässlichen Bilder der letzten Stunden drängten sich unablässig in sein Bewusstsein und liessen nicht zu, dass er innehalten und durchatmen konnte. Jedes Ding an seinen Platz räumen, das Blut wegwaschen, den stinkenden Unrat einsammeln – es war der vergebliche Versuch, wieder Ordnung zu schaffen.

Im Morgengrauen verliess er das Haus. Ziellos lief er stundenlang umher. Als er zurückkam, sass Maura mit zwei Carabinieri am Küchentisch. Sie hatten auf ihn gewartet und nahmen ihn auf den Posten mit. Claudio hatte ausgesagt, Rocco hätte ihn brutal angegriffen.

Eine Woche später kam es zur Gerichtsverhandlung. Claudio erschien mit dick eingebundener Hand, die er wie ein Geschenk vor sich her trug. Er war geputzt und geschniegelt und trat auf wie ein Mann von Welt. Rocco war seit Tagen nicht aus den Kleidern gekommen. In den Nächten hatte er in der Kammer neben der Werkstatt gelegen und kaum geschlafen. Er wirkte ungepflegt, gehetzt und verängstigt.

Bei der Verhandlung stellte sich heraus, dass Claudio vorbestraft war und schon zwei Mal im Gefängnis gesessen hatte. Das sprach gegen ihn, doch die schwere Verletzung seiner rechten Hand sagte etwas anderes. Rocco versuchte den Hergang der verhängnisvollen Nacht zu schildern. Er verhedderte sich, wie immer, wenn von ihm viele Worte verlangt wurden.

«Nein – Weg – Halt – Nicht ich – Aufhören!» Verzweifelt stiess er die Worte hervor und schlug wild auf den Tisch. Sein unkontrolliertes Verhalten machte einen ungünstigen Eindruck. Claudio lachte hämisch und stellte dem Gericht seine Sicht der Dinge dar. Rocco Moretti habe seit Jahren seine Mutter und seine Frau vernachlässigt. Er sei ein geiziger Ehemann, ein erfolgloser Kleinkrämer. Seine Mutter habe alles für ihn getan, er aber habe es ihr nie vergolten. Bei der Arbeit sei er umständlich, langsam, ohne Geschäftssinn. Er, Claudio, habe ihm auf die Sprünge geholfen. Aber Moretti danke es ihm in keiner Weise, im Gegenteil, er missgönne ihm jede freie Minute und jedes bei seltener Gelegenheit getrunkene Gläschen Wein. Im Zorn schlage er brutal zu und habe sich nicht im Griff.

Auch Maura Moretti sagte gegen ihren Mann aus. Sie habe sich immer bemüht, zusätzlich zu seinem kleinen

Lohn ebenfalls Geld zu verdienen. Sie sei sparsam und anspruchslos, ab und zu ein kleines Vergnügen sei doch wohl noch erlaubt.

Das Gericht befand, Rocco Moretti sei moralisch schuldig am Tod seiner Mutter, doch gäbe es kein Gesetz, ihn dafür zu bestrafen. Wer das Feuer gelegt habe, könne schlüssig nicht bewiesen werden. Der Verdacht blieb an Moretti hängen. Er wurde schuldig gesprochen, Claudio brutal angegriffen und verletzt zu haben. Der Richter sagte, die Verletzung werde dem Geschädigten ein Leben lang zu schaffen machen. Die Hand habe Kraft und Geschick eingebüsst, eine vernünftige Arbeit sei in Zukunft nur schwer möglich. Moretti wurde zu einem hohen Schmerzensgeld verurteilt. Weil er keine Ersparnisse hatte, erhielt Claudio die Werkstatt zugesprochen.

«Nein – nicht – weg – weg!» schrie Rocco, sprang auf und schlug um sich wie ein Irrer. Zwei Gerichtsdiener packten ihn und hielten ihn fest.

«Hier, dieser Mantel», sagte der Richter und hob Roccos Ledermantel in die Höhe, der bei den Beweisstücken lag. «Dieser Ledermantel ist von guter Qualität und hat seinen Preis. Herr Moretti, wenn sie wollen, können sie dem Geschädigten diesen Mantel als Teilzahlung überlassen. Dann bleibt ihnen eine Ecke in ihrer Werkstatt. Wollen sie?»

«Was soll ich mit diesem Mantel? Bitte verschonen sie mich», schaltete sich Claudio dazwischen.

«Dann eben nicht. Es tut mir leid Herr Moretti, es bleibt bei der Werkstatt – der ganzen. Die Verhandlung ist geschlossen.»

Rocco sank auf den Stuhl. Der Saal leerte sich.

«Hier, der gehört ihnen.» Ein Gerichtsdiener legte den Mantel vor ihn hin. «Sie können gehen.»

Neunzehn

Rocco stand vor dem Tor des Gerichtsgebäudes. Im Arm hielt er den Mantel, das Einzige, was ihm geblieben war. «Signore Moretti» gab es nicht mehr. Die Schriften waren verbrannt, seine Existenz vernichtet, sein Leumund besudelt.

Und jetzt, was sollte er tun? Hier war sie, diese Freiheit, von der er so oft geträumt hatte. Allein sein, nicht gestört werden, keine Ansprüche erfüllen müssen, das hatte ihm immer vorgeschwebt. Aber jetzt, da der Wunsch in Erfüllung gegangen war, trieb er ihn zur Verzweiflung. Weinen hatte er sein Leben lang nicht gelernt. Nur davonrennen, das konnte er.

Seit Tagen hatte es in Strömen geregnet. Knöcheltief stand Venedig im Wasser. Das Meer hielt die Stadt wie ein Polyp umschlungen. Rocco lief los. Der Wind peitschte ihm den Regen ins Gesicht. Auf den Hochwasserstegen wich er den Passanten aus, stolperte ins Wasser, rappelte sich wieder hoch und stapfte weiter, so schnell es die engen Passagen und das hohe Wasser zuliessen. Es dunkelte. Die Menschen verzogen sich in ihre Häuser und die Stege leerten sich. Die Lichter in den Wohnungen gingen an und Stunden später wieder aus. Es regnete unablässig. Mit dem klatschnassen Mantel im Arm lief Rocco weiter. Er überquerte einen Platz, ging dann zur Gasse links, dann rechts und wieder rechts, dann zur Brücke, die Stufen hoch, die Stufen runter, alt vertraut, ein tausend Mal durchschrittener Weg. Er stand vor der Türe seiner Werkstatt. – Seiner Werkstatt?

Er schloss auf. Vor der ebenerdigen Türschwelle lagen Sandsäcke, die Rocco vor einigen Tagen hingelegt hatte, um das Hochwasser am Eindringen zu hindern. In der Werkstatt hatte er alles auf Sockel und Podeste gestellt, denn der Fussboden blieb trotz der Sandsäcke nicht trocken. Die Feuchtigkeit hätte alles ruiniert. Rocco bückte sich und zog die zentnerschweren Säcke von der Türschwelle weg. Ungehindert schoss das Wasser in die Schreinerei.

Er machte kein Licht. Auch im Dunkeln war ihm jeder Winkel des Raums vertraut. Als erstes warf er seinen Spieltisch um. Das reich verzierte Tischblatt mit den Tieren und den tanzenden Kindern knallte in die Pfütze. Einem Schrank, an dem der Kranz hätte erneuert werden sollen, versetzte er einen kräftigen Tritt, sodass er krachend umfiel. Schraubenzwingen, Sägen, Feilen, Hobel, Winkelmasse, alles flog hinterher. Das Gestell mit den Brettern, Leisten, Latten und Furnieren riss er von der Wand. Die Hölzer stürzten herunter und versetzten Rocco Schrammen und Risse. Leim- und Lacktöpfe knallten auf den Boden. Die Gläser zerbarsten, die klebrige Masse breitete sich auf dem Wasser aus.

Plötzlich ging das Licht an. Claudio und Maura standen im Nachthemd in der Tür, welche die Werkstatt mit der Wohnung verband.

«Hör auf, du Satan!» schrie Claudio, griff nach dem erstbesten Werkzeug und schleuderte es gegen den Wütenden. Dieser wich aus, das Geschoss landete in einem Stapel Fensterglas und zerschmetterte die Scheiben. Maura stapfte durch den Unrat zur Aussentür. Sie stiess überall an, verletzte sich und heulte auf.

«Hilfe! Zu Hilfe!» brüllte sie in die Gasse. Sie brauchte nicht lange zu rufen. Durch den Lärm waren die Nachbarn bereits aus dem Schlaf gerissen worden. Einige streckten die Köpfe aus den Fenstern, andere eilten notdürftig bekleidet mit Besen, Schaufeln oder Ruderplanken bewaffnet ins Freie.

«Was ist los? Wo? Wer?»

«Rocco! Rocco ist verrückt geworden!» schrie Maura. Im Nu war die Schreinerei voller Leute. Sie packten den Tobenden und stiessen ihn in die Kammer hinter der Werkstatt. Maura schleuderte den triefend nassen Mantel hinterher.

«Da hast du, du Hund!» kreischte sie und warf die Türe ins Schloss. Claudio nagelte die Türe am Rahmen fest. Man schob den Schrank davor. Der Gefangene trat und rannte mit voller Wucht dagegen. Er schlug sich blutig, die Brille fiel ihm vom Kopf und zerbrach.

«Weg!» schrie er, immer wieder «Weg! Weg!»

Fürchterlich war das Geschrei, ein unheimliches Kläffen, das alles durchdrang.

«Man muss ihn einliefern. – Er ist übergeschnappt. – Das war er ja schon immer. – Er hat es ja im Blut. – Elio, sein Onkel, auch verrückt. – Und die Mutter! – Pha! – Er ist ein Bastard! – Ein Strassenköter! – Was weiss man schon, wer der Vater war. – Sein Blick, er hatte immer schon etwas Irres…» So flogen die Worte hin und her, während Rocco in der Kammer tobte und alles zu Kleinholz schlug.

Jemand verständigte die Irrenanstalt. Nach einer Stunde erschienen zwei kräftige Männer. Der Schrank wurde beiseite geschoben und die vernagelte Türe aufgerissen. Rocco wollte fliehen. Er hatte keine Chance.

Man gab ihm eine Spritze und steckte ihn in eine Zwangsjacke, die Arme kreuzweise verschnürt. Er riss und zerrte. Vergeblich.

Im Boot kettete man ihn an die Bank. Maura warf ihm den Mantel hinterher. «Nimm deinen Plunder, du Hurensohn!»

Das Boot fuhr durch die Kanäle zum Meer. Es entfernte sich vom Ufer, weit in die Lagune hinaus. Der Dogenpalast, der Campanile, alle Gebäude verschwammen im trüben Licht des frühen Morgens. Die Wellen schlugen an die Fenster, das Wasser lief in dicken Schnüren daran herunter. Dahinter waren die Signalpfähle sichtbar, welche zu beiden Seiten die Wasserstrasse markieren. Mit jedem Pfahl, den das Boot passierte, wurde die Entfernung grösser.

Addio. …

Das Boot erreichte sein Ziel: San Servolo, die Insel der Irren. In der Anstalt legte man Rocco in ein Bett, kettete ihn an und setzte ihm eine weitere Spritze. Er fiel in bleiernen Schlaf.

Zwanzig

Viele Jahre sind seit dem Gerichtsurteil und der Einlieferung in die Irrenanstalt vergangen. Der alte Mann besitzt aus dieser Zeit nur noch den Mantel. Er streicht über das Leder. An vielen Stellen ist es speckig, aber nirgends hat es Löcher. Die Knöpfe sind mehrmals abgefallen. Roberta hat immer Ersatz gefunden und ihn angenäht. Das Fell auf der Innenseite ist bei den Achselhöhlen dünn, auch bei den Armlöchern ist das Leder blank gescheuert. Sonst aber ist die Schafwolle intakt. Der Mantel hat Rocco während all der Jahre ohne Obdach zuverlässig Wärme und Schutz geboten. Er ist sein Zuhause.

Der alte Mann liegt auf seiner Bank unter den Arkaden und schläft. Wie jede Nacht quälen ihn Alpträume. Immer wieder reissen sie ihn schweissgebadet aus dem Schlaf. Auch tagsüber, wenn er kurz einnickt, überfluten grässliche Bilder seine Traumwelt und er schreckt auf.

«Weg! Weg!» schreit er dann und kläfft wie ein böses Tier. Die Touristen, welche zufälligerweise durch sein Gesichtsfeld laufen, werden zum Ziel seiner Attacken, obwohl sie nicht die Ursache für seine Panik sind.

Es war nach dem bleiernen Schlaf in der Irrenanstalt. Der Geruch nach Schmierseife mischte sich mit dem Gestank nach Erbrochenem. Roccos Kopf lag auf einem verkotzten Kissen. Seine Unterarme waren in breite Ledermanschetten geschnallt, die Manschetten mit Ketten ans Bettgestell gefesselt. Die Kanten der Manschetten scheuerten bei jeder Bewegung die Haut blutig. Sie rissen die Arme auseinander, der Körper lag schutzlos da, gekreuzigt. Durch das milchige Glas des vergitterten Fensters kam wenig Licht. Die Türe war verschlossen, das Türblatt mit einer grauen Polsterung aufgedoppelt. Die Türklinke fehlte. Möbel gab es keine, nur einen Stuhl. Über der Lehne hing Roccos nasser Ledermantel. Die schlaffe Haut sah aus wie ein totes Tier. Unter dem Mantel war der grüne Linoleumboden feucht. Die Wände des Raumes waren mit einer fettig glänzenden Farbe gestrichen. Durch die Wände drangen furchterregende Töne, Brüllen, Schluchzen, Toben – Lärm wie Schläge.

Rocco wusste nicht, wo er war. Er hechelte. Sein Rachen war ausgetrocknet, er hatte grossen Durst. Die Brust schmerzte, die Wunden brannten. Beulen am Schädel, blau unterlaufene Stellen, Quetschungen und Schürfungen am ganzen Leib waren die Spuren, die er sich mit seiner Raserei in der Werkstatt selber zugefügt hatte. In seinem Kopf dröhnte es: Hurensohn – Satan – einen Ring oder eine Kette – es bleibt bei der Werkstatt, der ganzen – Hilfe – Elio, im Boot – den Brand gelegt – wer stiehlt, kommt in die Hölle – moralisch schuldig – verrückt geworden … verrückt …

Panik griff mit tausend Armen zu. Rocco zitterte am ganzen Leib. Er zerrte an den Manschetten. Er trat mit den Füssen gegen das Bett. Sein Körper bäumte sich auf. Er schrie und schrie…

Endlich ging die Türe auf. Zwei Männer in weissen Mänteln kamen herein.

«He, still jetzt, gib Ruhe!» Sie packten ihn an den Schultern und pressten ihn auf die Unterlage.

«Weg! Weg!» schrie Rocco und biss zu.

«Du verdammter Hund!» zischte der Angegriffene und hielt seine blutende Hand. Ein dritter Mann eilte zu Hilfe. Die Spritze war schnell gesetzt. Wie wenn man ihm einen Sack über den Kopf gestülpt hätte, schleifte ihn die Beruhigungsspritze aus dem Bewusstsein.

Als er wieder zu sich kam, befand er sich in einem anderen Raum. Die aufgescheuerten Stellen an seinen Armen waren verbunden, aber er war noch immer gefesselt. Im linken Arm steckte ein Schlauch, durch den unablässig Beruhigungsmittel tropfte.

Wie durch Watte nahm Rocco die Umgebung wahr. Es hatte noch andere Betten im Zimmer, drei oder vier. Er hörte jemanden stöhnen. Wer es war, konnte er nicht sehen, die Kraft fehlte ihm, um sich aufzurichten. Es roch nach Jod und Urin.

Sein Rachen war noch immer ledrig trocken. Er wollte rufen, aber es kam nur ein Krächzen heraus. Ein Krankenpfleger erschien. Mit einem nassen Tuch wischte er dem Patienten das Gesicht ab. Rocco versuchte mit der Zunge etwas von der Feuchtigkeit zu erwischen. Der Pfleger verstand und holte ein Glas Wasser, welches er ihm an den Mund hielt. Gierig versuchte Rocco zu trinken. Aber weil er auf dem Rücken lag, verschluckte er sich. Der Husten presste seine Brust schmerzhaft zusammen, der Kopf verfärbte sich knallrot, er war am Ersticken. Der Pfleger löste die Manschetten und half ihm, sich aufzusetzen. Beinahe hustete er die Eingeweide nach aussen.

Allmählich beruhigte er sich. Das Wasser war eine Erlösung. Erschöpft sank er zurück in die Kissen. Der Pfleger kettete ihn nicht mehr an. Rocco rollte sich zur Seite, zog die Knie hoch, machte sich ganz klein und duckte sich unter die Decke. In dieser Höhle verbrachte er die nächsten Tage. Die Medikamente, welche man ihm zuführte, hielten ihn ruhig und benommen.

Zwei Wochen war Rocco nun schon in der Anstalt. Weil er das Essen immer noch verweigerte, wurde er künstlich ernährt. Nur Wasser goss er in sich hinein. Der Flächenbrand in seinem Inneren war nicht zu löschen.

Das Bett verliess er nur, um auf die Toilette zu gehen. Schleunigst kroch er nachher wieder unter die Decke. Sie schirmte ihn vor dem grauenvollen Lärm ab, welcher Tag und Nacht die Anstalt durchgeisterte.

Bilder seines Lebens stiegen in ihm auf. Er bemühte sich, sie festzuhalten und zu ordnen. Aber mit den Medikamenten in seinem Blut war er seiner nicht mächtig und der Bilderbogen riss immer wieder auseinander. Die Bilder waren wie in einem Kaleidoskop gefangen. Bei jedem Atemzug wurden sie durcheinander geschüttelt. Rocco war verwirrt.

Gelegentlich versuchte man, die Medikamente abzusetzen. Doch schon nach wenigen Stunden schlug der Kranke wieder so unbeherrscht um sich, dass man ihm die Manschetten von neuem anlegen und wieder Beruhigungsmittel verabreichen musste.

Man nahm ihn aus dem Bett und setzte ihn einem Arzt gegenüber. Der Arzt wollte helfen und suchte nach dem Grund für Roccos Panik. Aber wie die Teilchen des Kaleidoskops zusammensetzen? Wie Worte finden? Wie Sätze aufreihen? Über seine Gefühle zu reden, war Rocco noch nie gelungen. Woher hätte jetzt plötzlich Land auftauchen sollen?

Rocco blieb stumm, seine Augen schauten gläsern, nirgends blieb der Blick. Eine Hand fuhr unter sein Hemd zu der Achselhöhle, hinauf zum Hals und über den Nacken hoch zum Schädel. Ein Finger wickelte sich um eines seiner Haare, wickelte und wickelte, bis sich das Haar am Finger festgezurrt hatte – mit einem Ruck riss er es aus.

Einundzwanzig

Wenn Rocco etwas auf San Servolo wieder einmal sehen möchte, dann sind es die Bäume. Im zugepflasterten Venedig vermisst er sie. Er erinnert sich an die verschiedenen Laub- und Nadelbäume, die im grossen Park auf der Insel wuchsen, an ihre grossen Kronen, die Schattenteiche auf den Boden warfen, an ihre Nadeln, die piekten. Es war ein wunderbares Mosaik aus Grün und Grün.

Damals, als er auf San Servolo unter den irren Männern lebte, durfte er im Park spazieren gehen. Er schob den Ständer mit der flüssigen Nahrung über die Wege und schaute in die Baumkronen – das Geflecht der Äste, der Tanz der Blätter – unglaublich.

Vor allem ein Baum hatte es ihm angetan. Seine Äste breiteten sich wie ein weites Kleid aus und berührten beinahe den Boden. Wenn man sich bückte, konnte man an einer Stelle unter den Saum schlüpfen. Nahe am Wurzelstock wuchs ein dicker Ast schwingend nach aussen. Darauf liess sich Rocco nieder. Er sass da und berührte die löffelförmigen Blätter. Ihre glatte Oberseite glänzte grün wie eine Peperoni, die braune Unterseite fühlte sich an wie feines Wildleder. Eine Menge verholzter, keulenförmiger Samenstände hing zwischen den Blättern. Die Baumkrone mit dem dichten Blattwerk formte eine hohe Kuppel. Der Himmel war nicht zu sehen. In diesem Baumhaus fühlte sich Rocco geborgen.

Um den Park herum zog sich eine hohe Mauer. Durch vergitterte Öffnungen sah man das Meer. Manchmal klammerte sich einer der Insassen an eines dieser Gitter und rüttelte daran, als wolle er ausbrechen.

Im Erdgeschoss des Haupthauses lag der Speisesaal, daneben die Küche und darüber die Räume für die Ärzte. An dieses Haus angebaut war ein kleiner ziegelroter Glockenturm. Die Glocken läuteten zu den Mahlzeiten. Dann strömten aus den Patientenhäusern, die rund um den Park verteilt waren, alle zum Speisesaal. Rocco blieb unter seinem Baum sitzen. Gegen Abend holte man ihn jeweils zurück ins Zimmer. So vergingen Wochen.

Eines Tages meldete sich Besuch. Rocco wurde in den Raum für Besucher geführt. Eine Frau sass an einem Tisch, er setzte sich ihr gegenüber. Die Frau hatte eine rote Jacke an. Die Farbe gefiel ihm, in der Anstalt sah man nur weiss. Ihr Haar war auf dem Kopf zu einem Pinsel zusammengebunden. Um den Hals trug sie einen grünen Wollschal. Ihre kräftigen Hände lagen auf dem Tisch.

«Ciao Rocco, wie geht's?»

«Ciao.»

«Erkennst du mich nicht?»

Er schüttelte den Kopf. Sie lachte über ihr breites glänzendes Gesicht und streckte ihm eine Hand hin, in der sie etwas verborgen hielt.

«Hier – erinnerst du dich jetzt?» fragte sie und liess einige Kieselsteine in seine Hand rieseln. Die Steine waren warm von ihrem Körper. Wohlig nistete sich die Wärme bei ihm ein. Vor seinem inneren Auge sah er ein offenes Küchenfenster mit Panna cotta Schälchen auf dem Sims. Er sah gelbe Finger voll süsser Sauce und einen lachenden Mund, der die Finger sauber leckte. Während diese Erinnerungen in ihm auftauchten, nickte er zustimmend und lächelte.

«Siehst du», sagte sie, «Roberta ist hier. Und nun erzähle mir, wie es dir geht.»

Er nickte und lächelte. Und Roberta erzählte. Sie berichtete, was sie gesehen und gehört hatte, damals als man ihm die Werkstatt weggenommen hatte. Sie sagte, wie die Leute über ihn redeten und wie sie über die Sache dachte. Wie er sich fühlen musste, auch das wusste sie. Für alles hatte sie Worte. Er nickte und lächelte.

«Hast du Hunger?» Er nickte.

Roberta ging auf den Korridor und rief nach einem Pfleger.

«Er hat Hunger.»

«Hunger? Der isst doch seit Wochen nichts!»

«Das glaube ich nicht. Mir sagt er, dass er Hunger habe.»

«Ja wenn sie meinen. Sie können es gerne versuchen.»

Es war gerade Mittagszeit, eben hatten die Glocken geläutet. Roberta ging mit Rocco in den Speisesaal und setzte sich ihm gegenüber. Erst wurde Suppe aufgetragen. Beide löffelten.

«Salz fehlt – und etwas Muskatnuss. Aber für hier ganz passabel», meinte sie.

Dann tischte man Spaghetti auf. Beide drehten ihre Gabeln.

«Etwas zu al dente – und die Tomaten sind leider aus der Büchse. Aber für hier ganz passabel.»

Es folgte Fisch. Beide schoben die Stücke in den Mund. «Der Fisch ist von gestern – einige Tropfen Olivenöl würden ihm gut tun. Aber für hier ganz passabel.»

Zum Schluss servierte man Kaffee. Beide schlürften.

«Caro mio. Den trinkst du besser bei mir.»

Während des Essens lachten Robertas Augen und blitzen in der Gegend herum. Sie beobachtete die Insassen, welche wie Tiere frassen. Einer verschüttete die heisse Suppe auf seine Hose und jaulte auf. Ein anderer warf ohne ersichtlichen Grund plötzlich seinen Teller an die Wand. Er wurde abgeführt. Ein dritter kletterte auf den Tisch und beschimpfte alle. Auch ihn schleppte man aus dem Raum. Andere wiederum schlugen mit ihrem Besteck auf die Tische, johlten und brüllten. Rocco zuckte oft zusammen. Hätten Robertas Augen ihn nicht festgehalten, er wäre unter den Tisch gekrochen. Doch so blieb er sitzen und ass.

«Ich muss jetzt gehen. Ich komme wieder.» Roberta stand auf.

«Damit du mich nicht vergisst.» Sie legte ihm den grünen Wollschal um den Hals.

Rocco ging in sein Zimmer und legte sich aufs Bett.

Zum ersten Mal seit langem verkroch er sich nicht unter seine Decke. Er lag auf dem Rücken und betrachtete die Zimmerdecke. Die Sonne warf tanzende Lichter darauf. Seine Hände spielten mit den Kieselsteinen. Der Schal lag um seinen Hals und roch nach Frau und nach Küche.

Zweiundzwanzig

Seit Robertas Besuch trug er ihren Schal um den Hals und ass im Speisesaal. Allerdings nur auf dem einen Stuhl, an dem einen Tisch, wie bei ihrem Besuch. War dieser Platz besetzt, verliess er ohne Mahlzeit den Raum. Dann trank er Wasser aus der Leitung, bis sein Bauch voll war.

Tagsüber ging er durch die Korridore, immer mit grossem Abstand zu den Wänden. Er traute ihnen nicht. Rocco glaubte, die Wände würden den grauenvollen Lärm herausschwitzen, welcher das Gebäude nie zur Ruhe kommen liess. Ängstlich vermied er jede Berührung. Sein Weg führte ihn über drei Stockwerke. Er wohnte auf der untersten Etage. Er sah der Putzmannschaft zu, welche die Böden fegte und die lackierten Wände scheuerte, bis sie speckig glänzten. Diese endlose Putzerei verstärkte Roccos Ansicht, die Wände seien schuld am schrecklichen Lärm, welcher pausenlos durch das Haus hallte. Offensichtlich versuchte man, ihn abzuwaschen.

Von den anderen Insassen nahm Rocco kaum Notiz. Er war in einer Kapsel gefangen wie auch die meisten seiner Leidensgenossen. Wenn jemand schrie, hielt er sich die Ohren zu und machte in den nächsten Tagen einen grossen Bogen um die Stelle, an welcher der Irre durch die Wand geschrien hatte.

Auf allen Fluren standen Stühle, auf denen man hätte Platz nehmen können. Rocco setzte sich nie. Die Stühle waren zu nahe an den Wänden.

Seine Wanderungen durch die Gänge und den Park dauerten den ganzen Tag. Die müden Beine spürte er nicht und hielt erst still, wenn die Pfleger abends die Patienten in ihre Zimmer brachten und die Türen abschlossen.

Im ersten Stock des Haupthauses hatte es einen Balkon. Rocco stand oft vor der Balkontüre. Endlich hatte ein Pfleger ein Einsehen und schloss die Türe auf. Rocco trat ins Freie. Die Sonne stand hoch am Himmel. Das Wasser glitzerte. In der Ferne sah man den Campanile von San Giorgio Maggiore und dahinter dessen grosser Bruder von San Marco. Venedig war noch da.

Das Geländer des Balkons war aus Sandstein, ein breiter, abgerundeter Handlauf, darunter mit Rosetten verzierte Säulen. Roccos Hände fuhren über den fein geschliffenen Stein. Die Berührung war angenehm. Der Stein war kühl und von zarter Rauheit, wie Schmirgelpapier. Da und dort fiel ein kleines Stück ab. Er zerrieb es zwischen den Fingern.

Bei schlechtem Wetter durfte er nicht auf den Balkon.

Wieder einmal schüttete es aus Kübeln. Aber heute hatte man versäumt, die Balkontüre abzuschliessen. Rocco öffnete sie und ging hinaus. Der Regen umfing ihn. Erinnerungen an Elio klopften an, aber er konnte ihnen die Türe nicht öffnen. Das Kostbare tastete sich zögernd vor, aber immer wieder spülten Wellen darüber hin und das Gold war nicht zu fassen.

Am Abend, als die Patienten ins Bett gebracht wurden, vermisste man Rocco. Völlig durchnässt wurde er auf dem Balkon gefunden. Der Pfleger schimpfte und zog ihm die nassen Kleider aus.

«So ein Blödsinn. Du kannst dir ja den Tod holen. Zieh wenigstens das nächste Mal den da an.» Er warf ihm seinen Ledermantel aufs Bett. Das Licht ging aus und die Türe wurde abgeschlossen. Am anderen Morgen zog Rocco den Mantel an. Nun war er mit Schal und Mantel unterwegs und dabei blieb es.

Der Mantel hatte grosse aufgenähte Taschen, in denen Robertas Kieselsteine lagen. Während den Mahlzeiten steckte Rocco Esswaren ein, Brot, Wurst, gelegentlich einen Apfel, wenns hoch kam etwas Kuchen oder Schokolade. Waren die Taschen gefüllt, blieb er am nächsten Tag den Mahlzeiten fern, setzte sich auf den Balkon oder unter seinen Baum und ass den Vorrat auf. Die Pfleger liessen ihn gewähren. Man war froh über jeden Patienten, der nicht störte.

Eines Abends war plötzlich eine Katze im Patientenhaus, ein junges Tier, das durch die Türe gewischt war, als diese kurz offen stand. Unbemerkt strich sie durch die Gänge des fremden Gebäudes und schlüpfte in das Zimmer, welches Rocco mit zwei anderen Patienten teilte. Alle drei sahen die Katze unterm Schrank verschwinden. Einer der Zimmergenossen, ein verkommener brutaler Säufer, sprang sofort auf und trat heftig gegen den Schrank.

«Verschwinde, verfluchtes Biest!» zischte er. Sein Fusstritt knallte ans Holz, die Katze duckte sich weit nach hinten. Mit den Fäusten traktierte er die Schranktür und fluchte. Schuhe flogen an die Wand, ein Stuhl hinterher. Durch den Lärm aufgeschreckt eilten zwei Pfleger herbei, führten den Tollwütigen weg und schlossen ihn in ein separates Zimmer, damit er sich abkühle.

Bei dem handgreiflichen Krach hatte sich Rocco unter die Bettdecke verkrochen. Auch der dritte Zimmergenosse hatte sich gefürchtet. Fluchtartig hatte er den Raum verlassen. Er lief durch die Gänge und schrie, bis er heiser wurde.

«G-G-Ga-tto... G-G-G-atto...» Man verstand nicht, was er sagen wollte, obwohl er sich beinahe den Unterkiefer ausrenkte. In der Anstalt kam es immer wieder einmal vor, dass die Ursache für Aufruhr und Lärm nicht verstanden wurde. So auch dieses Mal.

Rocco war jetzt alleine im Zimmer. Es war kurz vor der Nachtruhe, aber noch brannte Licht. Zögernd kroch er unter der Decke hervor und liess sich aus dem Bett gleiten. Er presste seine Wange auf den Boden und spähte unter den Schrank. Ganz hinten an der Wand kauerte ein Wollknäuel mit funkelnden Augen. Rocco rutschte näher und streckte seinen Arm aus. Aber er reichte nicht hin, die Katze wich noch weiter zurück. Ohne das Tier aus den Augen zu lassen, kramte er in seiner Manteltasche nach etwas Essbarem. Zwischen den Kieselsteinen fand sich ein zur Hälfte abgenagtes Geflügelbein. Er hielt es der Katze hin. Nichts geschah. Da kam der Pfleger und schickte Rocco zu Bett. Der Knochen blieb unter dem

Schrank liegen. Das Licht ging aus. Eine Zeit lang war es still. Dann miaute die Katze kläglich.

«Komm… bss… ws ws wssss…», lockte er sie. Ihre Samtpfoten waren nicht zu hören, dafür aber das Knacken des Geflügelknochens zwischen ihren Zähnen. Rocco schlief zufrieden ein.

Am anderen Morgen stank es nach Katzenpisse. Als der Pfleger das Zimmer aufschloss, schlug ihm der scharfe Geruch entgegen. «So eine Sauerei», schimpfte er und riss das Fenster auf. «Du kannst gefälligst aufs Klo gehen!» Unsanft stiess er Rocco aus dem Bett, zog die Bettwäsche ab und verliess ärgerlich das Zimmer.

Der Säufer, Roccos Zimmergenosse, kam zurück. Augenblicklich verwandelte der Gestank nach Katzenpisse seine Ruhe wieder in Sturm.

«Wo ist das Viech? Warte, dir will ich!» Er packte den Schrank und riss ihn schräg nach vorn. Dann liess er ihn zurück schnellen. Der Knall erschreckte die Katze dermassen, dass sie wie ein Pfeil hervorschoss. Sie fand die Türe nicht sogleich und rannte verzweifelt von einer Ecke in die andere. Der Säufer hatte sich auf den Boden geworfen und kriegte sie in die Finger.

«Da hast du!» brüllte er und schleuderte das Tier mit voller Wucht gegen die Wand. Wie ein Stein fiel es herunter. Roccos Schrei hallte durch das ganze Haus.

Dreiundzwanzig

Seit damals sind ihm lackierte Wände ein Greuel. Er verbindet sie mit höllischem Lärm und einer Katze, welche ohne einen Fleck zu hinterlassen, daran abgeprallt ist.

Glücklicherweise ist er nicht mehr in diesen Wänden eingeschlossen. Seine Hände versichern es ihm immer wieder. Sie gleiten über die steinerne Sitzfläche seiner Bank und über die Mauer des Dogenpalastes, an die er sich anlehnt. Auf Kopfhöhe besteht die Mauer aus rotem Backstein. An einigen Stellen ist der Mörtel mürbe, der Stein bröselt. Roccos Finger wandern über die kleinen Dellen und Krater in der Backsteinmauer. Sie vermitteln ihm das Gefühl, zu Hause zu sein.

Es ist kalt, ein trockener Wintertag. Nur wenige Stadtbesucher sind unterwegs. Der Blick aus den Arkaden fällt auf das dunkle Meer, ein glatter Teppich. Die Luft ist von zartem klarem Blau, durchzogen von leichten Wolken. Mit der untergehenden Sonne bricht am Himmel Feuer aus. Die Flammen zünden ins Wasser und verwandeln es in flüssiges Gold. Allmählich fällt das Feuer in sich zusammen. Die Glut sammelt sich im Saum der Wolken, verglimmt und verlöscht. Es wird dunkel.

Rocco hat die Knie unter den Ledermantel und die Wolldecke gezogen. Eng liegt der Schal um Ohren und Hals.

Sein Körper ist kaum mehr empfindlich, durch den steten Wechsel zwischen Hitze, Regen und Kälte von grossen Ansprüchen entwöhnt. Doch jetzt friert er. Er steht auf und geht zu Roberta. Bestimmt wird er bei ihr auf der alten Liege schlafen dürfen.

Die Trattoria Giorgione ist Robertas Zuhause. Sie bewohnt zwei Zimmer mit einem kleinen Bad, die neben der Küche liegen.

Seit sie ein Kind war, wohnt sie hier. Schon ihre Mutter war in der Trattoria die Köchin und Roberta wuchs zwischen Pfannen und Töpfen auf. Sie half beim Erbsen aushülsen und abfädeln der Bohnen und war umgeben von einem Meer aus Düften. Da wurden Tauben gebraten und mit Rosmarinsauce abgeschmeckt, Kalbsleber in Salbeibutter geschwenkt, Thunfisch aufs Spinatbeet gelegt, Feigen in Rotwein gekocht und mit Zimt parfümiert. Auf dem Tisch lag ein Mehlberg und Robertas Hände gruben eine Kuhle. Die Mutter goss zerschlagene Eier hinein und die Kleine knetete den Nudelteig. Sie formte Raviolipakete, jedes vom anderen verschieden. Eigelb wurde schaumig geschlagen und die Kinderhände bröckelten dunkle Schokolade hinein. Die Finger waren mehr im Mund als in der Schüssel.

Es war klar, dass auch Robertas Leben in der Küche stattfinden würde. Nun sind es schon bald 60 Jahre, seit sie hier lebt und arbeitet.

Der Herr des Hauses war der Wirt. Sein Mund war dauernd in Bewegung, seine Hände weniger. In der Küche überliess er alles seiner Köchin. Derweil zog er es vor, mit einem Glas Wein am Stammtisch in der Gaststube zu sitzen und über Gott und die Welt zu reden. Alle Arbeit hing an ihr.

Zwei Monate waren vergangen, seit sie Rocco auf San Servolo besucht hatte. Mehrmals wollte sie ihr Versprechen einlösen und wieder zu ihm hinfahren. Aber die Abfahrtszeiten der Boote, welche die Insel nur dreimal täglich bedienten, kamen ihr immer ungelegen und so verstrichen Tage und Wochen.

Zeitig an einem Morgen im Spätherbst schaffte sie es endlich doch. Sie nahm ein Stück Schokoladekuchen mit, welches am Vorabend übrig geblieben war. Während das Boot über die Lagune zur Insel schaukelte, überlegte sie sich, warum sie zu Rocco fuhr. Sie wusste nur wenig von ihm und hatte mit ihm eigentlich gar nichts zu schaffen. Er gehörte einfach zur Stadt, dieser zähe kleine Mann mit der schweren Werkzeugkiste. Ab und zu hatte er ihr einen Kieselstein in die Küche geworfen. Sie hatte die Kieselsteine gesammelt, ohne zu wissen warum, eine unnütze Kinderei eben. Dass man ihm die Werkstatt weggenommen hatte, war ihr zu Ohren gekommen und sie hatte für ihn Partei ergriffen wie eine Mutter für ihr Kind. Vielleicht war es dieser Mutterinstinkt, den sie nie hatte ausleben können, der sie jetzt zu ihm fahren liess. Denn die Sorte Mann, die ihr gefiel, war er mit Bestimmtheit nicht.

Roberta hatte in ihrem Leben einige Liebhaber gehabt. Einer war ein Fischhändler mit breitem Oberkörper und einer kräftigen Stimme. Jederzeit hatte er einen Scherz auf der Zunge und konnte zupacken. Zu Hause hatte er Frau und Kinder, seine kurzen Vergnügen mit Roberta fanden früh morgens beim Ausliefern seiner Ware statt. Er roch nach Fisch und Mann. Roberta hatte nie den Wunsch, ihn zu heiraten. Erstens war er ja bereits vergeben und zweitens war es ihr wohl in dieser Beziehung ohne Verpflichtungen. Wenn sie die von ihm gelieferten Meerestiere ins heisse Öl warf, summte sie vor sich hin und die Vorfreude aufs nächste Mal brutzelte zusammen mit den Frutti di Mare. Ihr Leben war die Küche, nicht Kinder und Männerpantoffeln unter dem Stubentisch.

Auch die anderen Liebhaber waren nicht von der Sorte, deren Bilder man ins Familienalbum klebt. Einer war ein Gondoliere, ein Charmeur vom Scheitel bis zur Sohle. Tagtäglich machte er Frauen aus aller Welt den Hof, sang sich die Kehle wund, brachte mit breitem Lächeln seine makellosen Zähne zum Blitzen und schmierte sich so viel Pomade ins schwarze Haar, dass man den Duft 10 Meter gegen den Wind roch.

Roberta war nicht schön, ganz und gar nicht. Sie war breit gebaut mit kräftigen Männerhänden, der Hals war kurz, die Haare dünn, der Leib sehr wohl genährt. Aber mit ihr war es vergnüglich. Der Gondoliere kam gelegentlich bei ihr vorbei, ausgelaugt vom stundenlangen Schöntun und wollte nur eines: Sich gehen lassen. Er setzte sich in ihre Küche und während sie Artischockenböden füllte oder Tomaten aus dem siedenden Wasser fischte und ihnen die Haut abzog, verschaffte er sich mit spöttischen Bemerkungen Luft.

«Eine Japanerin heute, die hat mir meinen Hut fürs Dreifache abgekauft.»

«Oh, für ein Stück von deinem Leib würde ich sogar das Zehnfache bieten», frozzelte Roberta und strich ihm mit ihren verschmierten Fingern durchs Haar.

«Heute kam wieder so ein fetter Amerikaner, der war unglaublich dick, stell dir vor», er zeigte ein Gesäss vom Ausmass eines Weinfasses. «Als er ins Boot stieg, kippte es beinahe um. Es fehlte wenig, und der Dicke wäre ins Wasser gefallen. Ich konnte ihn gerade noch am Kragen packen, aber er war so erschrocken, dass er nicht mehr fahren wollte. Bezahlt hat er trotzdem.»

«Mit Dicken fährst du immer gut, nicht wahr?» Sie kicherte und eine nackte Tomate flutschte aus ihren Fingern.

«Die Schwedin von neulich hat mir Fotos geschickt, ich und sie im Boot. Ein rührender Brief war dabei, ich solle sie besuchen, sie zahle alles. Kannst du dir das vorstellen, ich in Schweden, was soll ich da?»

«Abkassieren, schwänzeln und abkassieren», flötete sie und versetzte ihm mit ihren Hüften einen Stoss.

Er hatte die Taschen voller Trinkgeld und sie spielten Kopf oder Zahl. Roberta brauchte keinen Einsatz zu leisten, wenn sie aber richtig geraten hatte, erhielt sie das Spielgeld und der Touristengoldesel kackte auch in ihre Küche. Die Liebschaft nahm ein Ende, als der Gondoliere aus England einen Brief erhielt. Eine seiner Verehrerinnen, die ihn schon lange bei sich haben wollte, köderte ihn mit einem Schloss samt Dienerschaft, Chauffeur und Limousine. Da konnte er nicht widerstehen.

Das Boot legte bei San Servolo an und Roberta stieg aus. In der Anstalt wurde sie vor Roccos Zimmer geführt. Man sagte ihr, er verhalte sich unberechenbar, sie solle sich in Acht nehmen.

Rocco lag seit dem Ereignis mit der Katze in einem Dämmerschlaf. Durch den brutalen Tod des Tieres war er so aus der Bahn geworfen worden, dass man sich nicht anders zu helfen wusste, als die Medikamente zu verdoppeln. Er war in ein anderes Zimmer verlegt worden, weil man hoffte, eine neue Umgebung würde ihn beruhigen. Dennoch schrie er jedes Mal beim Aufwachen und wenn sich ihm jemand näherte, fiel er ihn kläffend an.

Roberta öffnete die Türe. Das Geräusch weckte ihn. Sofort bäumte er sich auf und brüllte: «Weg! Weg! Weg!»

«Ciao Rocco», sagte sie und stellte sich ungerührt neben sein Bett. Er war mager und fahl, ein armer Greis. Sein wildes Brüllen und Schlagen passte nicht zum Bild, das sie von ihm hatte. Es erschreckte sie nicht. Sie nahm das Kuchenpäckchen aus ihrer Tasche und legte es neben sein Kopfkissen. Der köstliche Duft, der Rocco in die Nase stieg, glättete die Wogen. Er setze sich auf, faltete das Papier auseinander und begann zu essen, andächtig, Stück um Stück. Mit den Fingerkuppen tupfte er jedes Krümelchen auf und kratzte die Glasur vom Papier. Die Zunge fuhr in die Mundwinkel und über die Lippen. Der Kuchen schmeckte vorzüglich.

«So, und jetzt kommst du mit.» Roberta legte ihm den Wollschal um den Hals und hielt ihm den Ledermantel hin. Die Schuhe, die unterm Bett standen, schob sie vor, damit seine Füsse, die unter der Decke hervorglitten, die Öffnung sogleich fanden.

«Wir gehen jetzt», sagte sie dem Pfleger.

«Was – wie – nein – das geht nicht.»

«Doch, ich sorge für ihn.»

«Die Medikamente, er braucht Medikamente», sagte der Pfleger.

«Warum?»

«Es ist ihm nicht zu trauen. Nein, er kann nicht gehen, ausgeschlossen.»

«Man kann es versuchen.»

«Aber wenn er um sich schlägt? Wenn er jemanden anfällt?»

«Das wird er nicht tun.» Roberta fasste Rocco am Arm und stand schon unter der Türe.

«Aber ...»

«Ist das hier ein Gefängnis? – Eben!»

Es war Robertas Entschlossenheit, die den Pfleger überrumpelte. Auch war er es nicht gewohnt, mit einer Frau umzugehen. All seine Patienten, das ganze Pflegepersonal, alles waren Männer. Hier stand plötzlich eine Frau vor ihm, die sagte, wo es lang ging.

Roberta führte Rocco zum Boot und noch bevor ein Arzt konsultiert werden konnte, schaukelten die beiden auf dem Wasser.

Vierundzwanzig

Als Roberta mit Rocco in die Trattoria zurückkam, liefen die Vorbereitungen fürs Mittagessen auf Hochtouren. Die Küchengehilfen hatten Gemüse geschnitten, Salat gewaschen, Fischsuppe aufgesetzt, Eier aufgeschlagen und fein gehackte Pilze zugegeben – die ersten Bestellungen landeten in der Küche und Roberta hatte alle Hände voll zu tun. Man holte Käse aus der Vorratskammer, verteilte Brötchen auf die Tische, trug Wein und Wasser auf und stellte dampfende Teller vor die Gäste hin.

Rocco stand im Durchgang zwischen der Küche und der Gaststube. Emsig liefen die Kellner an ihm vorbei und beachteten ihn nicht. Es dauerte einige Zeit, bis er begriff, wo er war. Die Küchentür stand offen. Er verliess das Haus.

Venedig – seine Stadt – er ist zurück. Die Brücken schlagen ihre Bogen über die Kanäle wie eh und je. Die Häuser spiegeln sich im Wasser, ihre Fassaden wiegen sich sanft auf den Wellen. Kleine Lastkähne legen an und Ware wird ausgeladen. Der Postbote schiebt sein Wägelchen durch die Gassen. Er klingelt mit der Fahrradglocke, die am Bügel festgemacht ist, vor jeder Haustür und verteilt die

Post. Wäsche hängt quer über die schmalen Gassen zum trocknen. Es duftet frisch nach Seife, gewohnt, geliebt, zu Hause.

Rocco setzt sich auf eine Bank. Er ist auf dem kleinen Platz neben dem Arsenale. Wasser spritzt aus einer Brunnensäule in eine kleine eiserne Schale, die Vögel flattern darum herum und trinken. Am Kanalufer liegen Abfallsäcke, zum Abholen bereit. Rocco hat Hunger. Soll er – ja, soll er sich dort etwas zu essen holen? Er schaut sich um. Niemand ist da, die Leute halten Siesta. Durch den dünnen Plastik fühlt er, was in den Säcken drinnen ist. Er findet einen Apfel, der an einer Stelle etwas faul ist, ein hartes Brötchen, ein Stück Pizza. Er isst. Am Brunnen trinkt er, wäscht sich die Hände und geht.

Der ganze Nachmittag ist verstrichen. Es wird Abend. Eine lange schmale Gasse liegt vor ihm, dahinter sieht man den fahlen Abendhimmel und das Meer. Da sind sie, die glitschigen Stufen, die zum Wasser führen, da ist er, der eingelassene Ring in der Ufermauer. Ein halbes Leben ist vergangen, seit Rocco hier untergetaucht ist. Trotzdem ist der Ort ihm wohl vertraut.

Ob er wieder ins Meer steigen soll? Menschen, die von der Arbeit nach Hause kommen, verlassen die Vaporetti und gehen auf dem Fondamenta Nuove an Rocco vorbei. Also später, wenn er allein sein wird.

Es ist kühl. Er marschiert wieder, um nicht zu frieren. Vor Stunden schon hat die Wirkung der Medikamente nachgelassen. Obwohl es um ihn herum dunkel wird, hat er schon seit langer Zeit nicht mehr so klar gesehen. Erinnerungen kommen zurück. Es ist, als blättere er in einem

Bilderbuch. Jede Seite zeigt etwas aus seinem Leben. Auf einem der Bilder stürzt Regenwasser von hoch oben aus Wasserspeiern zu Boden, ein Kind und ein Mann stehen darunter und freuen sich über die Dusche. Das Bild auf einer anderen Seite zeigt einen Küchentisch mit offener Schublade. Darin liegt eine Geldbörse. Weiter hinten im Buch sieht er die Darstellung verschiedener Tiere, die ein Schreiner in ein Treppengeländer schnitzt. Dann folgt ein Bild, auf dem Venedig unter Wasser steht. Sandsäcke liegen vor einer Werkstattür.

Rocco blättert in diesen Erinnerungen und es entsteht eine beruhigende Ordnung. Über sein Leben sinnend ist er immer weiter gelaufen. Jetzt steht er vor dem Haus, in dem er mit Maura zusammen gewohnt hat. Hinter einigen Fenstern brennt Licht, die Werkstatt im Erdgeschoss ist dunkel. Rocco schaut durchs Fenster. Um besser sehen zu können, legt er die Hände wie Scheuklappen an die Schläfen. Der Raum ist leer. Die Werkbank, alle Gestelle, Werkzeuge, alles ist ausgeräumt. Kein Hobelspahn erinnert mehr an die frühere Schreinerei. Anstelle des Riemenbodens liegen jetzt glatt geschliffene Steinplatten am Boden. Im schwachen Licht der Strassenlampe sehen sie grün aus. Und die Wände sind rosa, alles ist frisch gestrichen.

An der Türe hängt ein Schild:

Claudios Venezianische Masken
Geschäftseröffnung 1. Dezember

Ein Schauer läuft Rocco über den Rücken. Unverwandt starrt er in den leeren Raum. Er stellt sich vor, wie Claudio hinter dem Tresen hocken wird. Wie eine Spinne wird er darauf lauern, dass ihm ein Kunde ins Netz geht. Er wird zwischen den Masken hindurch auf die Gasse spähen und inbrünstig auf den nächsten Fang hoffen. Bleibt jemand vor dem Laden stehen, wird sein Puls schlagartig schneller gehen. Um den möglichen Kunden mit seiner Gier nicht zu verscheuchen, wird er ein unbeteiligtes Gesicht aufsetzen. Ist der Tourist aber erst einmal im Laden, wird Claudio seine Ware in den höchsten Tönen anpreisen, sich verschiedene Masken vors Gesicht halten und den Kunden zum Lachen bringen. Dann wird er ihn zur Kasse bitten. Die eingenommenen Geldbeträge wird er mit seinen perfekt gepflegten Händen in ein Buch schreiben und die Beträge mehrmals täglich zusammenzählen. Dabei wird er sich als wohlhabenden Mann fühlen.

Und Maura wird ihm den Espresso in den Laden bringen. Mit Hingabe wird sie den Kitsch in der Vitrine ordnen und das Maskensortiment mit bizarren Glaswaren erweitern. Sie wird schillernde Kleider tragen und mit viel Farbe auf Stoff und Gesicht ihre matronenhafte Gestalt zu verjüngen suchen.

Rocco entfernt sich. Es ist vorbei. Sein Beruf, seine Werkstatt, sein früheres Leben, vorbei.

Schmerzt es? Es ist, als ob die Zeit stillsteht.

In der Trattoria Giorgione hat Roberta auf ihn gewartet.

«Wo warst du?»

«Unterwegs.»

«Es wird kalt.»

«Ja.»

«Komm, ich zeige dir, wo du schlafen kannst.»

Sie hat im hinteren Zimmer ein Klappbett aufgestellt und eine Decke und ein Kissen hingelegt. «Hier. – Hast du Hunger?»

«Nein.»

«Dann schlaf gut.»

Mit Mantel und Schuhen legt er sich hin und schläft.

Fünfundzwanzig

Roccos Bellen weckt Roberta. Wand an Wand steht ihr Bett mit seiner Liege. Energisch poltert sie mit der Faust an die Wand und ruft: «Hee, silenzio. Lass mich noch ein bisschen schlafen.»

Er setzt sich auf und schüttelt sich. Was war los? Was nur hatte ihn so erschreckt? Waren da nicht eben Ungeheuer in seinem Zimmer, vor denen er sich gefürchtet hat? Jetzt sind die Erscheinungen wieder verschwunden.

Um ins Freie zu gelangen, muss Rocco durch die Küche. Brot vom Vorabend liegt auf dem Tisch. Er nimmt etwas mit und geht.

Es ist noch früh am Morgen, kalt und ruhig. Unterwegs isst er das Brot. Bei einem Brunnen trinkt er und wäscht sich das Gesicht. Quer über eine Gasse hängt Wäsche, welche über Nacht hätte trocknen sollen. Der Wind hat seine Arbeit verrichtet, bei einigen Wäschestücken etwas all zu gut. Er hat sie vom Seil geblasen. Auf dem Boden verstreut liegen Socken, eine Bluse und eine Wolldecke, orangefarben mit gelben Blumen. Eine Wolldecke – vom Himmel gefallen wie ein Geschenk? Rocco rollt sie zusammen und nimmt sie mit.

Es beginnt zu regnen, kalter Nieselregen. Er stellt sich

in einen Hauseingang. Oben hört man Türen gehen und es riecht nach Kaffee. Die Hausfrau kommt herunter und hängt einen Abfallsack vor die Türe. Böse mustert sie den Mann, der sich unter ihr Vordach duckt.

«Hier ist kein Platz für solche wie dich. Verschwinde.»

Wer sind solche wie er? Diebe? Halunken? Streunende Hunde? Das trifft es wohl am besten. Wenn es regnet, suchen auch Hunde Unterschlupf.

Eine Kirche hat ein weit ausladendes Portal, wo der Regen nicht hinkommt. Die Wolldecke hält auf den Steinstufen die Kälte ab. Rocco sitzt schon eine ganze Weile hier. Die Glocken beginnen zu läuten. Noch bevor er sich entfernen kann, eilen einige Leute zur Messe. Rasch zieht er seine Beine an, um Platz zu machen. Eine alte Frau geht an ihm vorbei und lässt eine Münze in seinen Schoss fallen. Gleich hinter ihr kommt eine Mutter mit einem Kind. Auch das Kind bringt ihm Geld.

«Für dich», sagt es und flüchtet rasch wieder an die Hand seiner Mutter.

Sind solche wie er Bettler? Er, der Schreiner Rocco Moretti, ein Bettler?

Es kommt einiges an Almosen zusammen. Während der Messe verschwindet er. Es ist ihm peinlich, er schämt sich und möchte sich verbergen. Im Erdgeschoss eines baufälligen Hauses sind die Fenster und Türen mit Brettern vernagelt. Bei einer Türe lassen zwei abgerissene

Planken eine Öffnung frei, durch die er ins Innere steigt. Es ist düster und feucht und es stinkt. Überall liegt Unrat. Angeekelt wendet sich Rocco ab und will wieder weg.

«Ciao collega – bringst du etwas zum Saufen mit?» tönt es aus einer Ecke.

«Ich – was – wie ...»

«Bist du neu hier?»

«Ich – ja – nein ...»

«So, so, ein Frischling. Das gibt sich mit der Zeit. Komm setz dich. – Zigarette?»

«Nein – ich – nein ...»

Von Abscheu ergriffen stolpert Rocco zum Ausgang und landet auf allen Vieren auf der Gasse. Er hastet davon, nur schnell weg von diesem Loch.

Sind solche wie er Ratten? Widerliche stinkende Biester, versoffen und verkommen? Nun gehört er also zu dieser Sorte. Seine Umgebung zählt ihn bereits zum Abschaum.

Es ist, als ob ein Orkan über ihn hinweg fegen würde. Der Sturmwind in seinem Innern zerrt mit aller Kraft an seinem Lebensgebäude, reisst Türen und Fenster ab, wirft Ziegelsteine vom Dach, heult durchs Haus und alle Mauern stürzen ein.

Rocco hat alles falsch gemacht. Nichts in seinem Leben ist gelungen. Freude und Liebe, der Lebenssinn, alles ist verloren. Er ist über den Rand gekippt.

Die Gedanken sind unerträglich, er will vor ihnen flüchten. Um zu entkommen, muss er laufen, stundenlang, den ganzen Tag.

Es ist Nacht geworden. Regenschwer hängt der Mantel an ihm und krümmt seinen Rücken. Die Füsse schlurfen über den Boden. Er ist erschöpft. Sein Körper gleitet zu Boden.

Als er Stunden später wieder zu sich kommt, findet er sich auf den Stufen einer Brücke. Zitternd vor Kälte will er aufstehen, aber es wird ihm schwindlig. Er sinkt zurück. Liegen, nichts mehr wollen, nichts mehr müssen.

«He du, wach auf!» Ein Mann, der mit einem Schubkarren unterwegs ist, schüttelt ihn an der Schulter und zieht ihn hoch.

«Komm beweg dich, du bist ja halb erfroren.» Rocco stolpert, fällt hin und schlägt sich die Stirn am Brückengeländer blutig. Der Mann drückt ihm ein Taschentuch auf die Wunde.

«So ein Blödsinn, hier in dieser Kälte und Nässe zu übernachten. Setz dich auf meinen Karren, ich bringe dich nach Hause.» Der Karren ist mit Früchten und Gemüse beladen, welche ausgeliefert werden müssen. Rocco setzt sich neben die Kisten. Vor einem Lebensmittelgeschäft stoppt der Mann und trägt einige Kisten in den Laden. Rocco steigt vom Karren und verschwindet.

«He, wo bist du? Ich bringe dich doch nach Hause.»

Nach Hause... Man sagt das so leicht. Roberta hat ihm ein Bett angeboten. Es ist ein Almosen, mehr nicht. Alles was zum Leben gehört, fehlt ihm: Arbeit, Träume, Hoffnung. Seit er seine ehemalige Werkstatt gesehen hat, ist die Zeit stehen geblieben. Es gibt kein Vorher und kein Später.

Langsam geht er weiter. Die tief stehende Wintersonne taucht die Stadt in märchenhaftes Licht. Auf der Piazza San Marco laufen Touristengruppen hinter hochgehaltenen Fähnchen her, bleiben stehen und lauschen ihren Führern. Sie setzen sich auf die Hochwasserstege, die zurzeit unbenutzt herumstehen. Auch Rocco setzt sich. Die Gruppen wechseln sich ab, einige gehen, andere kommen. Er bleibt. Es hat viele Menschen hier, aber niemand kümmert sich um ihn. Er kann sitzen bleiben, so lange er will.

Ein Passant hat ein Panini fallen und achtlos liegen gelassen. Rocco hebt es auf und isst es. Er überquert den Platz und untersucht im Vorbeigehen die Abfallkörbe, unbehelligt, in aller Öffentlichkeit.

Die Brücke vor dem Dogenpalast ist voller Touristen. Von hier oben betrachten sie die Seufzerbrücke. Sie stützen sich auf das Brückengeländer wie Tausende vor ihnen. All die Hände haben das Geländer mit einer Fettschicht überzogen. Jeder Tourist will hier stehen und sich vor dem weltberühmten Hintergrund fotografieren lassen. Auch Rocco steht da und schaut, während seine Hand über das schmierige, abgegriffene Geländer gleitet. Die Seufzerbrücke spannt sich über den Kanal. Sie verbindet den Dogenpalast mit dem alten Kerker. Vom Wasser führen einige Stufen hoch zu den Arkaden, die dem Palast vorgelagert sind. Unter diesen Arkaden steht eine steinerne Bank.

Es durchfährt ihn wie ein Blitz. Dort kann er sitzen. Dort ist er geschützt. Dort wird man ihn in Ruhe lassen.

Er steigt die Brückenstufen hinab, geht unter die Arkaden und setzt sich auf die Bank. Hier will er bleiben.

Gelegentlich verlässt er seinen Sitzplatz, um etwas abseits Wasser zu lassen oder nach Lebensmitteln zu suchen. Dann kommt er zurück wie nach Hause.

Es ist dunkel geworden. Rocco hat den Wollschal eng um den Hals geschlungen und den Mantelkragen hochgeschlagen. Er legt sich auf die Bank und rollt sich wie ein Igel in die Wolldecke ein.

In der Nacht erwacht er und wieder bricht ein Bellen und Kläffen aus ihm hervor. Es ist niemand unterwegs, die Angriffe zielen ins Leere. Das Kläffen tönt heiser, der Hals schmerzt, die Wangen glühen. Rocco hat Fieber.

Er schält sich aus Decke und Mantel, lässt beides achtlos liegen und taumelt weg. Schwankend sucht er an den Hausmauern Halt und kommt nur schleppend vorwärts. Den Weg ist er schon oft gegangen, quer durch die dunkle Stadt, zum Meer. San Michele liegt dort draussen im Dunkeln, man sieht die Insel nicht.

Hier sind die Stufen. Rocco zieht sich aus. Den Wollschal bindet er an den Ring, hält sich daran fest und steigt ins Wasser. Der vom Fieber geschwächte Körper lässt alles mit sich geschehen. Tief sinken, ohne Widerstand – auf den Grund.

Er taucht auf und hustet. Kraftlos hängt er über den Stufen, die Beine noch immer im Wasser. Endlich gelingt es ihm, sich aufs Ufer zu rollen. Sich anziehen, aufstehen, weggehen – die Gewohnheit macht es. Hin und her geworfen zwischen fiebriger Hitze und Schüttelfrost findet er zurück zur Bank. Die Decke und der Mantel sind nicht mehr da. Vor Roccos Augen verschwimmt alles. Ohnmächtig gleitet er zu Boden.

«Wach auf, Alter. Gehört das dir?»

Silvano arbeitet als Strassenkehrer. Seinen vollen Karren leert er mehrmals täglich in ein Abfallboot, das zu bestimmten Zeiten beim Dogenpalast anlegt, direkt neben den Stufen zu Roccos Bank. Auch heute früh hat er seinen Karren dort geleert und dabei den Mantel und die Decke gefunden. Alles was noch nützlich sein könnte, verwahrt er in einem Sack, so auch Roccos Sachen. Als er das nächste Mal bei den Arkaden vorbei kommt, liegt ein alter Mann am Boden vor der Bank. Ob das der Besitzer des Mantels ist? Der Alte sieht schlecht aus. Offensichtlich hat er Fieber. Silvano zieht ihm den Mantel an. Dann gibt er ihm aus einer Wasserflasche zu trinken. Silvano kann seine Arbeit nicht einfach stehen lassen. Einstweilen bettet er den Penner auf die Bank und deckt ihn zu. Er will sich später um ihn kümmern. Als er nach der Arbeit wieder vorbei kommt, ist die Bank leer.

Drei Tage später sitzt der Alte wieder da.

«Wo warst du die ganze Zeit?» fragt Silvano. Wenn Rocco das wüsste. Ihm fehlt die Erinnerung an die letzten Tage. Er fand sich in einem Lagerschuppen zwischen leeren Kisten und Jutesäcken wieder. Der Ort war muffig und düster, aber ohne Zugwind und nicht kalt. Wie er dahin gekommen war, weiss er nicht. Allem Anschein nach wollte das Leben noch nicht weichen. Es hat eine Höhle gesucht für das verwundete Tier. Das Fieber ist überstanden.

«Ist das dein Mantel?» fragt Silvano und zupft ihn am Ärmel. Natürlich ist das sein Mantel, dumme Frage.

«Ich habe ihn hier gefunden. Du warst böse dran. Geht es dir besser?»

«Ja.»

«Willst du den da haben?» fragt Silvano und zieht einen dicken Pullover aus seinem Sack hervor.

«Die Leute lassen alles Mögliche liegen. Du kannst ihn behalten, wenn du willst. Heute wird es kalt.»

Der Pullover passt.

«Vielleicht sehen wir uns morgen wieder. Bis dann, ciao!»

Sechsundzwanzig

«Du stinkst», sagt Roberta, als Rocco nach dreiwöchiger Abwesenheit wieder bei ihr auftaucht.

«Ich weiss.» Wenn er nach dem Bad im Meer jeweils nass in die Kleider schlüpft, steigt daraus ein modriger Mief auf.

«Du brauchst frische Wäsche. Ich wasche dir das dreckige Zeug. Geh ins Bad, aber mache nachher wieder Ordnung.»

Sie holt Unterwäsche aus einem Schrank, die ihr von einem ihrer Liebhaber geblieben ist.

Im Bad betrachtet Rocco sein Spiegelbild, die struppigen Haare, die Bartstoppeln, das gräuliche, eingefallene Gesicht. Dann streift sein Blick über den Raum. An einer Schnur über der Badewanne hängen Robertas Netzstrümpfe, abgestreift wie Schlangenhäute. Ein nasser Büstenhalter mit riesigen Körbchen hängt daneben, das Wasser tropft in die Wanne. Bürste und Kamm stehen auf der Spiegelablage, voll mit ausgefallenen Haaren. Ein hellblauer Bademantel liegt auf einem Hocker, er ist verwaschen und an den Kanten zerschlissen. Darunter stehen Pantoffeln, breite Füsse haben die Innensohle flach gepresst und speckig glänzend poliert. All diese Dinge sind ihm fremd. Ohne etwas anzurühren, verlässt er das Bad wieder. Roberta sieht ihn prüfend an.

«So und jetzt? Besser? – Aber halt, du hast dich ja gar nicht gewaschen. Und umgezogen bist du auch nicht.»

«Ich gehe dann.»

«No no, das wirst du nicht tun. Setz dich.» Sie drückt ihn auf einen Stuhl.

«Wo treibst du dich die ganze Zeit herum?» Robertas Ton verlangt Antwort.

Also redet er von der Bank, vom Bad im Meer, von den vielen Leuten, von der Seufzerbrücke, von Silvano und seinen Geschenken. Als Beweis holt er zwei Fingerhandschuhe hervor, ein blauer und ein schwarzer, beide mit dem Daumen auf der rechten Seite.

«Aber die sind ja beide für die linke Hand», lacht sie.

«Ja ich weiss. Mir passen sie.»

Er redet von Fieber und Durst, von Claudios Masken, vom Licht auf der Piazza, von Ratten und streunenden Hunden. Gelegentlich fährt sie mit einem «Dio mio» dazwischen. Er redet so viel, er weiss gar nicht, wo die Worte alle herkommen.

«Und jetzt, was wirst du tun? So kann das doch nicht weitergehen.»

«Es gibt nichts zu tun.»

«Aber wovon willst du leben?»

«Ich habe, was ich brauche. Hier nimm.» Er klaubt Geld aus der Manteltasche, Almosen, die ihm in letzter Zeit zugesteckt wurden.

«Ich bringe dir dann die dreckige Wäsche. Bin froh, wenn du sie wäschst. Hast du vielleicht eine Schere?»

«Eine Schere? Wofür?»

«Der Bart. Es sieht nicht so toll aus.»

«Das kannst du laut sagen. Was habe ich mir da nur angelacht.» Kopfschüttelnd geht sie zur Kommode und holt eine kleine Schere hervor. Rocco packt sie ein und auch die frische Wäsche. «Ciao – grazie.»

Roberta muss die Türe offen stehen lassen, frische Luft ist dringend nötig. «Porca miseria!»

Ist er zu beneiden? Sie hockt hier, Tag für Tag, ein Leben lang, kocht, putzt, kauft ein – und er? Steht einfach auf und geht.

Könnte sie das auch, so vogelfrei sein? Könnte sie sich trennen von der Arbeit, die ihr Leben füllt und ihm Sinn und Halt gibt? Könnte sie ihr geschäftiges Tun fahren lassen, sich ganz dem Moment hingeben? Könnte sie eintauchen in eine zeitlose Zeit?

Man verlangt nach ihr in der Küche.

Vom Tier hat Rocco nicht geredet, welches stets beim Aufwachen aus ihm hervorbricht, von dieser Bestie, die glühende Lava speit. Er ist ihr ausgeliefert. Trotz grösster Anstrengung gelingt es ihm nicht, sie zur Ruhe zu zwingen. Jedes Mal, wenn das Biest ihn überfällt, versucht er den Atem anzuhalten, bis das Feuer auskühlt. Aber ohne Erfolg. Morgen soll es endlich gelingen.

Siebenundzwanzig

Auf jeden Winter folgen wärmere Tage und mit ihnen klingt von neuem Musik aus den nahen Cafés der Piazza San Marco herüber und verkündet die hohe Zeit der Touristen. Wird es wieder kühler, verziehen sich die Musiker in die Kaffeehäuser und die wenigen Fremden, welche der Stadt noch einen Besuch abstatten, beschleunigen ihre Schritte. Nur Rocco verharrt auf seiner Bank, sommers wie winters, jahrelang. Sein Leben hat sich über all die Zeit nicht verändert. Er lebt unter den Arkaden beim Dogenpalast.

An Tagen allerdings, an denen Venedig im Hochwasser versinkt, wird seine Bank vom Wasser umspült und Rocco muss sich eine andere Bleibe suchen. Der Lebensraum der Obdachlosen wird in diesen nassen Tagen eng. Sie rotten sich dann an den wenigen trockenen Orten der Stadt zusammen, Schiffbrüchige auf einer kleinen Insel.

Rocco ist nicht einer der Gruppe. Sein ganzes Leben war er ein Einzelgänger, ein Aussenseiter, auch unter diesen Menschen. Nur die Nässe schwemmt ihn zur Herde.

«Aha, unser Hund ist auch wieder einmal hier», begrüssen ihn die anderen und scherzen über seine Macke.

Anfänglich waren sie erstaunt über die Kläfferei, die ihn aus dem Schlaf reist. Aber jeder Schicksalsgenosse hat so seine Eigenheit, man sieht sich einiges nach.

Einer schreit den ganzen Tag: «Ho fame», obwohl seine Lebensmitteltüten überquellen. Ein anderer pfeift jeder Frau hinterher, sein Mund ist zahnlos, die Frauen bei weitem nicht alle hübsch. Auf der Weste eines Dritten prangen militärische Abzeichen in grosser Zahl. Er schleppt ein Tonbandgerät mit sich herum. Kampf- und Siegesgesänge plärren ohne Unterlass aus dem Apparat, Mussolini schreit seine Hasstiraden. Kinder quittieren den Auftritt mit Gelächter. Alte Leute bleiben stehen, machen Platz und lassen den Sonderling die Garde abschreiten.

Und Rocco bellt. Nun denn, so soll er bellen, wenn es ihm wohl tut. Aber es tut ihm nicht wohl. Ganz im Gegenteil, es peinigt ihn. Dass man ihn dafür auslacht und die Touristen stehen bleiben und ihn anstarren, ist nicht schlimm. Aber dass er den Fluch nicht bannen kann, ist kaum zu ertragen.

Das Leben auf der Strasse ist Rocco vertraut. Nichts zu besitzen heisst, nichts zu verlieren. Den Tag verstreichen lassen ohne Ziel heisst, auf nichts warten zu müssen. Wenn nur das Bellen nicht wäre. Er könnte frei sein.

Er verflucht das wilde Tier, welches sich unbarmherzig an seinem Herzen festkrallt. Die Schläge, die es wild werden liessen, liegen schon so lange zurück. Sie tun nicht mehr weh. Warum lässt die Bestie nicht endlich los?

Es gibt schon lange keinen Grund mehr für Panik, keinen Grund mehr für Abwehr und Attacke. Und doch, das Biest reisst ihn regelmässig aus dem Schlaf und wirft ihn brutal aus der kurz gewonnenen Ruhe. Trotz tausend guter Absichten wird das verdammte Bellen im Laufe der Jahre stärker und die Verzweiflung darüber grösser.

Es ist Nachmittag. Rocco ist in kurzen Schlummer gefallen. Unvermittelt fährt er mit furchterregendem Gebell auf. Über die Brücke vor den Arkaden läuft ein junger Hund, den ein Knabe und ein Mädchen an der Leine führen. Roccos Bellen erschreckt das Tier. Es nimmt einen Satz, das Mädchen stürzt zu Boden, die Leine entgleitet den Kinderhänden. Der Hund rast zu Rocco hin und das ungleiche Paar kläfft sich wütend an.

«Pfui – Pedro – pfui!» ruft der Knabe und eilt hinzu.

Der Hund bellt weiter. Rocco verstummt. Gebannt schaut er auf das bös gewordene Tier. Es schleudert den Ton aus dem Bauch durch den Hals und wirft den Kopf in den Nacken. Der Brustkorb zieht sich dabei kurz zusammen, um gleich wieder auseinander zu schnellen. Elio kommt Rocco in den Sinn. Elio, der unter dem Küchentisch den Hund spielt.

Rocco sucht in seiner Tasche nach einem Stück Brot. Er wirft einen Brotbissen in die Luft und dann noch einen. Geschickt schnappt der Hund die Bissen auf, ohne dass etwas zu Boden fällt. Die Kinder stehen daneben. Beim Sturz auf der Brücke hat sich das Mädchen das Knie aufgeschürft. Es blutet ein wenig.

«Du musst nicht weinen», tröstet der Knabe und bläst über die Wunde.

Wieder fährt Roccos Hand in seine Tasche. Er kramt einige Kieselsteine hervor, runde glatte Steine, körperwarm. Die Steine lässt er in die Kinderhände gleiten. Die Kinder strahlen, Roccos Mund wird breit und er lacht seine Augen zu Schlitzen. Dann bückt er sich, hebt die Leine auf und reicht sie den Kindern. Winkend zotteln sie mit dem Hund davon.

Achtundzwanzig

Es ist früher Abend. Die spätherbstlichen Tage sind kurz, bald wird es dunkel.

Der alte Mann ist müde. Aus seinem Lebensstrom ist ein Rinnsal geworden. Mit den Armen stemmt er sich von der Bank hoch. Schwerfällig schlurft er davon.

Viele Kirchenglocken läuten und rufen zum Abendgebet. Die grossen Kirchentore stehen weit offen, Einlass begehrt kaum jemand. Seit der Hochzeit mit Maura hat Rocco keine Kirche mehr betreten. Jetzt steht er vor jener Kirche, in der sie damals geheiratet haben. Er geht hinein.

Alles ist ihm vertraut, wie wenn es gestern gewesen wäre. Die Engel schweben in schwindelerregender Höhe durchs Gewölbe. Es riecht nach Weihrauch und verbranntem Wachs. Auf dem Altartisch liegt eine weisse Spitzendecke, darüber thront die Madonna. Das ewige Licht hängt noch immer am selben Ort neben der Statue. Ein rotes flackerndes Fünkchen schimmert durch das ziselierte Kupfergefäss. Und dort auf dem Arm seiner Mutter sitzt das Jesuskind, nackt und ohne Schmuck.

Rocco setzt sich auf eine Kirchenbank, die gerade Rückenlehne drückt wie früher aufs Schulterblatt. Die Messe ist in vollem Gang. Die monotone Stimme des

Priesters und der Singsang einer grossen Zahl von Gläubigen füllen den Raum. Von den Wänden schlägt das Echo der Stimmen vielfältig zurück. Rocco schaut sich um und sucht nach den Menschen, denen diese Stimmen gehören. Aber es ist kein Mensch da, das Kirchenschiff ist leer, ebenfalls der Chor, auch auf der Empore ist niemand. Es dauert eine ganze Weile, bis er begreift, dass die Messe von einem Tonband abgespielt wird. Alles andere lohnt sich wohl nicht mehr. Nicht nur er hat der Kirche die Treue aufgekündigt.

Noch während sich der Schall des Gottesdienstes in den leeren Raum ergiesst, erscheint eine Frau mit Besen und Putzlappen. Sie macht sich am Altar zu schaffen, knickt verwelkte Blumen weg und zieht die Spitzendecke gerade. Dann entfernt sie niedergebrannte Kerzen, welche Touristen in einem Moment der Rührung angezündet und auf Eisenzacken gesteckt hatten. Sie leert die Kasse, welche neben dem Kerzenhalter hängt. Beim Haupttor rollt sie den Teppich zusammen, schleppt ihn geräuschvoll ins Freie, klopft ihn aus und wischt den Boden. Auf dem Weg zurück zur Sakristei geht sie an Rocco vorbei.

«Si ferma adesso.»

Die Messe ist verstummt. Er steht auf und wendet sich zum Ausgang. Im hinteren Teil der Kirche steht ein Beichtstuhl. Auf beiden Seiten des Beichtstuhls hat es Nischen, in denen sich die Sünder niederknien können. Zwischen diesen Nischen, verborgen hinter einer Türe, ist die Kabine für den Priester. Die untere Hälfte der Türe ist aus Holz, in der oberen Hälfte hängt ein Vorhang. Ohne zu Überlegen fährt Roccos Hand über die Kante der halben Türe nach innen. Da sitzt ein Riegel, der sich leicht öffnen lässt. Rocco verschwindet hinter dem Vorhang und zieht die Türe zu.

Die Frau kommt zurück. Sie löscht das Licht, verlässt die Kirche und schliesst ab.

Rocco ist in diese Kabine geraten, er weiss nicht wie. Es ist eng und finster. Er setzt sich auf den weich gepolsterten Priestersessel mit den breiten Armlehnen. Die Lehnen sind bequem gerundet und glatt poliert. Seine Hand fährt über die Seitenwand des Beichtstuhls und tastet nach dem viereckigen Durchblick, der mit feinmaschigem Rohrgeflecht ausgefüllt ist. Die Hand gleitet zurück in seinen Schoss, der müde Kopf sinkt nach hinten an die Lehne. Es ist vollkommen still. Er schläft ein.

Stunden später wecken ihn Geräusche.

«Hier ist noch ein Platz frei … Komm, setz dich zu mir … Wir sind spät, beeile dich …»

Man hört Füsse scharren, Stühle rücken und ein Wirrwarr an Tönen aus vielen Musikinstrumenten.

Rocco späht durchs vergitterte Fensterchen. Die Kirche ist strahlend hell erleuchtet und viele Bankreihen sind besetzt. Noch immer strömen Leute herein. Schliesslich haben alle einen Platz gefunden und warten. Man hört da noch ein Räuspern, dort noch ein Husten, dann erwartungsvolle Stille.

Und jetzt erklingt Musik. Es ist eine Vielfalt an Tönen, die auf wunderbare Weise alle in eine Richtung streben. Manchmal entfernt sich eine Melodie von der Gruppe und läuft übermütig wie ein kleines Kind einige Extrarunden, dann schliesst sie sich den andern wieder an. Einmal teilen sich die Töne, zwei Gruppen, die sich vor einander verstecken, um sogleich ihr Gesicht wieder zu zeigen. Sie jagen und erhaschen sich, werfen einander zu Boden und wandern kurz darauf wieder friedlich Hand in Hand weiter. Das Tempo wird schneller, die Töne rennen, flinker geht's gar nicht. Einer stürzt, er hinkt. Die Gruppe passt sich dem Verletzten an, man geht langsamer, man lässt sich nieder, auf einer weichen Matte ruht man sich aus. Und jetzt fliegen sie. Es sind Töne wie goldene Flügel, die im Abendrot glänzen.

Tränen rollen über Roccos Wangen.

Die Leute stehen auf, ziehen ihre Jacken an und verlassen die Kirche. Stühle werden weggeschoben und Notenpulte zusammengeklappt. Die Musiker packen ihre Instrumente ein, verabschieden sich voneinander und verlassen die Kirche. Man löscht das Licht. Die Kirchentüre wird abgeschlossen.

Es ist vollkommen still.

Rocco schiebt den Vorhang beiseite, öffnet die halbe Türe und steht im dunklen Kirchenraum. Tastend geht er nach vorne zum Altar. Die Madonna mit ihrem Kind ist vom Flämmchen des ewigen Lichts blassrot überhaucht.

Auf dem Altartisch faltet er die Spitzendecke weg und stellt die Blumen beiseite. Er will hinaufklettern, aber die Kraft seiner Arme reicht nicht aus, um sich hochzustemmen. Mit grösster Anstrengung gelingt es endlich, den Oberkörper auf den hohen Tisch zu ziehen. Er robbt vorwärts, bis auch die Beine auf dem Altar liegen. Schwer atmend erhebt er sich.

Er tastet nach dem Kind. Der wohlgeformte Schädel liegt rund in seiner Hand. Im Nacken kringeln sich einige feine Löckchen. Die zarten Ohren liegen schmal am Kopf. Hoch wölbt sich die Stirn über der kleinen Nase, die Augen sind weich eingebettet über den vollen Wangen. Der Mund steht leicht offen mit geschürzten Lippen, zum Trinken bereit. Das Kinn ist rund und fest, in der Mitte hat es ein Grübchen. Ein zarter Hals trägt den schönen Kopf, darunter sind die schmalen Schultern nicht breiter als der Schädel. Rocco liebkost dieses wunderbar geschnitzte Holz. Er fühlt, was er im Dunkeln nicht sehen kann.

Langsam zieht er sich seinen grünen Wollschal vom Hals und legt ihn dem Kind sorgfältig um. Zwei Mal wickelt er den Schal um den feinen Kinderhals, die Enden schlingt er ineinander und lässt das eine Ende über den zarten Rücken, das andere über die Brust fallen.

Dann kauert er sich nieder und legt sich bäuchlings auf den Altartisch. Er rutscht rückwärts über die Kante, bis die Füsse den Boden erreichen. Er breitet die Spitzendecke wieder aus und stellt die Blumen in die Mitte. Im Finstern tastet er sich durch die Kirche zur Sakristei. Der Schlüssel steckt von innen. Rocco öffnet und geht.

Die Beine sind schwer, langsam tragen sie ihn zu seinem Badeplatz.

Der Sternenhimmel wölbt sich über Venedig, über der Insel San Michele, über dem Meer.

Rocco lässt sich nieder.

Alle Wellen seines Lebens bündeln sich zu einer feinen Linie, die sich in der Unendlichkeit verliert.

Die Vögel werden am nächsten Morgen die ersten sein, die den Körper finden.